KB250991

꼬리별의 노래

꼬리별의 노래

ⓒ 박하루 2026

초판 1쇄   2026년 4월 6일

지은이   박하루

출판책임	박성규	펴낸이	이정원
편집주간	선우미정	펴낸곳	도서출판 들녘
기획이사	이지윤	등록일자	1987년 12월 12일
편집진행	김혜민	등록번호	10-156
디자인진행	조예진	주소	경기도 파주시 회동길 198
편집	이수연	전화	031-955-7374 (대표)
마케팅	이동하		031-955-7384 (편집)
경영지원	나수정	팩스	031-955-7393
제작관리	구법모	이메일	dulnyouk@dulnyouk.co.kr
물류관리	엄철용		

ISBN   979-11-7610-015-1 (04810)
        979-11-5925-708-7 (세트)

꼬리별의
노래

goble

박하루

목차

아사트 탈리냐 7

늙은 순례자 9

탈영병 19

비자불의 무녀 35

가부아비 41

수도 미두불 52

세계수 80

여우의 조언 102

수다호 116

멸망의 날 130

순례자들 150

남은 이야기 170

작가의 말 172

아사트 탈리냐

왕들의 위엄이 바닷속으로 가라앉고 신수들은 고사 속에 웅크려 잠든 시절, 하늘이 무너져내리고 있었다.

말 그대로의 광경이었다. 행성 전역의 하늘이 전쟁터였다. 밤의 지역이고 낮의 지역이고 할 것 없이 굉음과 불꽃과 소음과 지상으로 추락하는 잔해들로 신음하고 있었다. 한평생 땅을 딛고 땅을 일구고 또 달리는 말안장 위에서 살아가던 사람들은 망연자실하게 그 광경을 바라보고 있을 수밖에 없었다.

하늘에서는 절망만 내려온 것이 아니었다. 전투가 벌어지기 일 년 전, 기묘한 복장을 한 사람들이 커다란 쇳덩이에서 몰려나왔다. 그들은 각 지방에 현지 언어로 쓰인 포고문을 돌렸다. 포고문의 절반은 하늘의 전쟁을 이곳으로 끌어들인 것에 대한 구 구절절한 사과였다. 나머지는 다름 아닌 이 땅의 사람들을 새로운 세계로 안내한다는 내용이었다.

하늘에서 내려온 사람들은 쇠의 사자들로 불렸다. 그들이 타고 온 함선이 커다란 모루를 연상케 했기 때문이었다. 이 이름은 쇳사자, 쇳차사 등으로도 일컬어지다가 새로운 말을 만들 때 옛말을 참조하는 바리냐의 관습에 따라 수엣샤로 굳어졌다.

수엣샤들은 왕과 씨족장들을 알현한 뒤 곳곳에 커다란 구조물을 짓기 시작했다. 그들은 이 땅, 그들 외부인의 말로 아사트 탈리냐라고 일컬어지는 행성의 사람들을 단계적으로 그 구조물에 수용했다가 우주로 이주시킬 예정이라는 사실을 천천히, 그리고 무수한 저항에 맞서 끈질기고 평화로운 방법으로 알려왔다.

하지만 전투는 그들의 예견보다도 훨씬 일찍 시작되었다.

늙은 순례자

대낮이었지만 하늘은 여전히 소란스러웠다. 대기권 바깥에서 이뤄지는 전투는 밤낮없이 지상까지 침범해 왔다. 커다란 순양함의 하늘빛 음영이 지표면을 드리웠고, 위에서부터 시작되는 마른하늘의 천둥소리가 온 세상을 뒤덮었다.

소음. 전투가 시작된 이후로 지상에 가장 큰 피해를 준 것은 바로 소음이었다. 수많은 새가 우박처럼 떨어졌고, 야생동물들은 비명을 지르며 민가를 향해 달려들었다. 아직 피난을 가지 못한 사람들은 집이나 굴속에 엎드려 벌벌 떨었다. 설령 왕이라 해도 해줄 수 있는 일이 없다는 사실을 모두가 알고 있었다. 하늘로부터 시작된 이 전쟁은 먼 옛날 신들과 신수들이 벌였다던 전쟁처럼 느껴질 뿐이었다.

세상에서 음악이 사라진 지 이미 오래였다. 처음 철의 사자들이 내려왔을 때 지상의 사람들은 음악과 춤으로 그들을 맞이해주었다. 그러나 이제는 누구도 악기를 즐거이 연주하지 않았다. 정신이 나가 스스로 귓구멍을 찔러버린 이도 있었다. 어떤 나라에서는 큰 소리로 말하는 것조차 금했다. 하늘의 노여움을 진정시키려면 사람의 목소리를 낮춰야 한다는 믿음에서였다.

그렇기에 바다가 내다보이는 한적한 절벽 위에서 비파 소리가 흘러나오자, 근처를 지나던 빗싸 살로만은 귀를 기울일 수밖에 없었다.

허리를 낮게 숙인 소나무 숲 사이로 길은 희미했지만, 군데군데 사람의 발길이 남긴 흔적이 가고자 하는 곳을 안내하고 있었다. 살로만은 선율을 나침반 삼고 발자국을 지도 삼아 나아갔다.

'뚝' 하고, 삭은 나무뿌리가 발밑에서 꺾이는 소리를 냈다. 음악도 동시에 멈추었다.

선녀.

이곳에 전해지는 이야기 속 선녀가 바로 여기 있

지 않은가, 그는 생각했다.

분명히 살로만은 선녀를 본 적이 없었다. 이야기를 전해주던 사람들 중에도 실제로 선녀를 본 이는 없었다. 선녀는 오직 이야기로만 전해지는 존재였다. 하지만 이곳 사람들은 산마다 깃든 산신이나 수호령, 선녀 따위를 믿었다. 그중 선녀가 유독 그에게 인상 깊게 남은 이유는 그들이 매우 아름답다고 전해졌기 때문이다. 바깥세상에서 온 존재였지만 그는 이곳 사람들과 비슷하게 생긴 남성이었다. 전설 속의 신비로운 여성들. 하늘에서 내려와 왜인지 모르지만, 지상 산속 깊숙한 못에서 목욕하고 사라진다는 존재들. 그들은 화려하게 양쪽으로 올린 고리 머리를 하고, 속이 투명하게 비치며 스스로 나부끼는 비단옷을 입었다고 한다.

선녀의 모습은 이야기 속 묘사와는 조금 달랐다. 소맷부리와 옷깃에 한 줄 검은 선으로 장식된 흰 저고리 위에 온통 흰색인 포를 입었고, 수수하지만 섬세하게 주름 잡힌 검은 치마를 두르고 있었다. 다만 귀해 보이는 것이라고는 양 소매로부터 등을 타고

11

흐르는 비단 피백과 양 관자놀이 쪽으로 동그랗게 말아 내린 쌍계뿐이었다.

무엇보다, 그는 나이 지긋한 노인이었다. 이 지방 어디서든 볼 수 있는 여인의 모습인데, 어째서 선녀를 연상케 했는지 살로만은 알 수 없었다.

혹시 구슬프면서도 청명한 비파의 곡조 때문은 아니었을까, 살로만은 생각했다. 어느새 전투의 굉음이 잦아들고 있었다. 인기척을 느낀 여자가 천천히 돌아섰고, 살로만은 다가갔다.

"정말 오랜만에 음악을 들어보는군요."

살로만은 먼저 말을 걸었다.

"수엣샤시군요. 얼움다웁사."

여자는 비파를 든 채로 고개를 천천히 숙이며 말했다. 온초 지방의 오랜 인사말이었다.

살로만은 고개를 꾸벅 숙이고는 말했다.

"이 근방은 피난이 완료됐습니다. 어째서 떠나지 않고 남아 계신 겁니까?"

여자는 가만히 그를 바라보았다. 그러다가 펑 소리가 들려온 하늘을 한번 올려다보았다. 그러더니

다시 고개를 내리고서는 말했다.

"나는 살날이 얼마 남지 않았습니다. 이제 와서 재앙을 두려워하며 쳇굴 속에 들어가 살고 싶지 않습니다."

쳇굴은 자유동맹이 마련해준 피난처를 일컫는 말이었다.

"정말 아름다운 노래였습니다. 이 음악, 그리고 어르신의 경험을 후대로, 미래에 전해야 하지 않겠습니까."

"미래라면, 저 하늘 너머를 말하는 것인가요?"

여자는 푸른빛 여기저기가 얼룩진 하늘을 가리켰다.

"네. 그곳에서 사람들이 새 터전을 일구고 새로운 나라를 만들어 살아가겠지만, 이야기와 노래는 계속될 수 있지 않겠습니까."

살로만은 말했다.

폭음이 들렸다. 순양함의 에너지 실드가 막대한 폭격을 중화시키는 소리였다.

"마음에도 없는 소리를 하시는군요."

여자는 말했다.

"그대들은 우리에게 피난처를 제공하고 새로운 땅으로 안내한다고 말하지만, 이 땅에 전쟁을 가지고 온 침략자들입니다. 이 하찮은 이야기와 노래가 잊힌들 누가 괘념키나 하겠습니까?"

살로만은 대꾸할 수 없었다.

"사람들은 이제 바닥에 엎드려 언제 머리 위로 불벼락이 떨어질지 두려워하며 벌벌 떨다가 죽거나, 대대로 살아온 땅과 관습을 버리고 신분도 예절도 버린 채 어디론가로 실려 가서 한 번도 들이켜본 적 없는 공기와 한 번도 밟아본 적 없는 땅에서 다른 누군가로부터 주어진 법도에 따라 살아야 합니다. 그것을 어떻게 선의라고 할 수 있겠습니까. 애초에 그대들이 재앙을 이끌고 오지 않았으면 되는 것을."

살로만은 천천히 여자의 곁으로 다가갔다. 바다가 훤히 내다보였다. 그곳에 앉을 만한 바위 단층이 있었다. 그는 거기에 털썩 주저앉았다.

"당신은 누구십니까?"

살로만은 물었다.

"범상치 않은 분인 줄은 대번에 알 수 있습니다. 당신은 단지 악사가 아니고 음유시인도 아닙니다. 귀족은 아니지만 그렇다고 평범한 백성도 아닌 듯합니다."

여자는 다시 바다 쪽으로 몸을 돌렸다. 멀리 소형 전투기가 대각선을 그리며 어디론가로 내려가고 있었다. 바닷바람이 불어와 피백이 너울거렸다.

"이을리 가솜이라고 합니다. 사람들은 저를 순례자라고 부르지만, 본래는 비자불의 무녀였습니다."

가솜은 비파를 풀밭 위에 살짝 내려놓았다. 그 옆에는 나무막대가 하나 놓여 있었다. 오랜 세월 손에 길들여져 맨들맨들해진 지팡이였다.

"무녀…. 높은 신분이셨군요."

"우리 마을. 지금으로선 작은 마을이지만 아주 오래전에는 그것이 나라와도 같았습니다. 무녀는 제사장과도 같은 존재지요. 하늘의 뜻을 사람들에게 전해주고 하늘의 조짐을 바탕으로 땅의 일을 정합니다."

"순례자라는 것은 무슨 의미인가요?"

"비자불의 무녀는 반드시 성인식을 치러야 합니다. 세상 곳곳에 있는 소도를 돌아다니면서 의식을 치르고 신령한 계시를 받아야 하죠.

더 먼 옛날에는 이런 의식을 하는 나라가 많았다고 하는데, 제가 막 순례 여행을 나설 때만 해도 저는 이 세상 유일한 순례자였습니다. 그래서 당시에는 무녀가 곧 순례자라는 인식이 있었지요. 하지만 이제는 무녀도 없고 순례자도 없습니다. 우리의 나라는 우리를 병합한 온초보다도 더 커다란 나라에 멸망했습니다."

"바리냐의 침략 말이로군요."

"그 바리냐는 이제 당신들에 의해 해체되었지요."

살로만은 또 말을 잊고 말았다. 바리냐는 이 지역을 아우르는 맹주였다. 왕은 자신을 스스로 태왕이라 칭했고 왕의 가계를 천손이라고 일컬었다. 사람들을 원활히 대피시키기 위해 자유동맹은 그 권위를 무력화할 필요가 있다고 판단했다. 그 결과, 바리냐의 왕과 왕족들은 가장 먼저 대피소로 들어가게 되었다.

　가솜은 천천히 말했다. 그 말에는 어떤 원망도, 질책도 담겨 있지 않았다. 하지만 그 무엇보다도 살로만을 흔들리게 한 말이었다.

　"그렇다면 제 노래는 누구를 위해, 그리고 누구에게 전해져야 한다는 말씀입니까? 저는 나이 들었습니다. 한평생 지켜온 전승은 한낱 바람에 흩어지고 마는 실오라기가 되어 다시는 찾을 수 없는 어딘가로 사라져버리고 말았습니다.

　무엇보다도, 그대부터 자신의 법도를 지키려 하지 않는데 어찌하여 모르는 자들의 법도를 우려하십니까?"

　살로만은 하늘을 올려다보며 작게 탄식했다.

　"눈치채셨습니까?"

　"이곳에도 군사가 있고 전쟁이 있습니다. 군영이 있으면 마땅히 군율이 있습니다. 그대들이 어떤 신묘한 도구를 사용하고 어떤 요술을 부리든 간에 군영의 규율은 다르지 않으리라 생각합니다. 그대의 복장은 사신이 아닌 병사의 것. 어느 병사도 이렇게 무기조차 없이 혼자 돌아다니지 않습니다. 무기가 없는 이유는 보급받지 못했거나 손을 가볍게 하려는 의도겠지요. 그렇다는 것은 곧,"

"그렇습니다."

살로만은 힘없이 대답했다.

"저는 탈영병입니다."

탈영병

살로만은 말했다.

"네. 저는 탈영병입니다. 아마 이해하시기 어렵겠지만…."

그가 얼버무리며 한숨을 내쉬었다. 이에 가솜이 말했다.

"무슨 의미인지 압니다. 그대들에게 탈영은 결코 쉬운 결정이 아니었겠지요."

"음, 아마 짐작하시는 것 이상일 겁니다. 우린 특별한 동기로 입대한 병사들입니다. 그 점은…."

"아뇨. 그대는 제 짐작을 알지 못합니다."

"음…."

살로만은 말을 신중하게 골랐다. 대민 접촉을 하는 병사들은 대개 해당 지역의 환경과 문화, 문명 수

준에 대해 철저히 교육받는다. 바깥 세계에서 온 그들은 원주민들의 상상을 아득하게 뛰어넘는 존재였고, 이에 대한 자각은 필수였다. 그럼에도 병사들은 종종, 아니 꽤 자주 현지인들의 몰이해에 당황하곤 했다.

그런데 가솜이 말했다.

"그대는 내가 무지한 현지민이라고 생각하고 있겠지요. 그렇지만 나에게도 그대들의 지식을 뛰어넘는 앎이 있습니다. 이를테면 그대가 속한 군사 조직 자유동맹이라든지요."

"그….."

그야말로 할 말을 잊고 만 살로만이었다. 그는 한 번도 자신의 소속을 밝히지 않았다. 그것이 원칙이었다. 이곳 아사트 탈리냐 사람들에게 현재 우주의 정치적 상황을 이해시키기엔 무리가 있었기 때문이었다.

가솜은 이어 말했다.

"난 많은 것을 알고 있습니다. 이 우주의 크기도 대략 알고 있지요. 이 땅이 태양을 향해 춤을 추는 거대한 흙덩이라는 사실도, 하늘의 별자리들이 사실은 멀리 떨어진 태양들이라는 점도 압니다. 그리고 별자리들이 모여 눈부신 소용돌이를 이루고 있음을 압니다. 이 땅에도 '미리내'라는 말이 있습니다. 하지만 실제로는 이 땅 역시 그 장엄하고 아름다운 빛무리의 일원이라는 것도 압니다.

그대들이 저 별들 어디에서 왔는지는 모르지만, 멀리 떨어진 어딘가에는 별과 별 사이를 오가는 훨씬 앞선 문명이 있다는 것을 압니다. 그래서 그대들의 눈에 우리가 얼마나 소박하게 보이는지도 알고 있지요."

"어떻게…. 그것을 어떻게 아신 겁니까? 혹시 우리 이전에 여기 온 누군가가…."

가솜은 가만히 웃음을 지었다. 그것은 영락없이 연장자가 천지 분간 못하는 애송이에게 건네는 연륜 어린 미소였다.

"이 이야기를 하자면 오늘 하루를 꼬박 쓰더라도 모자라겠지요. 그대 이야기를 먼저 해주시겠어요? 어째서 이 낯선 땅에서, 그것도 곧 불타 사라질 땅에서 홀로 도망 다니는지."

"제 이야기도 깁니다."

잠시 전투기 편대의 소닉 붐이 지나가기를 기다리고는 살로만이 말했다.

"그렇지만 하루까지는 걸리지 않을 것 같으니 간략히 말씀드릴 수 있겠지요. 이미 많은 것을 아신다고 하니 저도 마음 편히 이야기할 수 있을 듯합니다. 바깥 세계에 관한 얘기는 금지돼 있지만 그것은 어디까지나 아무것도 모르는 사람들 대상이겠지요.

네. 저는 자유동맹의 탈영병입니다. 아시겠지만, 자유동맹은 제국에 대항하여 결성된 저항군입니다. 제국의 확장주의, 침략, 무자비한 학살, 자유의 억압. 이런 것들로부터 자신을 지키기 위해 일어났습니다.

그렇기에 자유동맹에는 몇 가지 중요한 원칙이 있었습니다. 우리의 근본적인 목적, 이것이 '자유를 위한 투쟁'임을 잊어버리지 않기 위해서입니다. 오직 자원자만 입대할 것. 개인의 신념에 반하는 임무의 거부를 인정할 것. 그래서 병사들은 취사병, 지원병, 물자 제작병 등 다양한 보직을 택할 수 있습니다. 다만 계약상의 복무기간을 지키기만 하면 되죠."

"본래 그대의 보직은 무엇이었습니까?"

"이곳을 돌아다니는 대부분의 병사와 같습니다. 피난 안내입니다."

"양심이 보장되는 복무 형태, 그리고 상대적으로 쉬운 임무. 그런데도 탈영을 감행했군요. 그 점이 전달하기 곤란했던 부분이고요."

"그렇습니다."

살로만이 가장 걱정하던 부분을 가솜은 정확히 꿰뚫어 보았다. 군의 문화분석관이 말하기를, 이 행성에서 '양심'에 대한 관념이 탄생하려면 최소한 천 년은 더 지나야 한다고 했다.

"이제는 제 쪽에서 어르신의 식견을 짐작하기 어려워지는군요. 이제 감추지 않고 말하겠습니다. 이 땅이 아사트 탈리냐라고 불린다는 사실도 아시겠지요?"

"그렇습니다. 우리에게는 그냥 '땅'으로 충분하기

에 특별히 일컫는 말은 없습니다. 그렇지만 그 말은 왠지 우리의 옛말이 생각나기도 하는군요."

"그런가요? 이게 어떻게 붙은 이름인지에 대해서는 아는 바가 없습니다."

"그대 이름도 그렇습니다."

"네? 제 이름이?"

"네. 그대의 성씨라고 소개된 '빗싸'는 '빛'의 옛말과 비슷합니다. 지역에 따라 비사, 비자, 빗사 따위로 불렸죠. 비자불의 말본도 같습니다. 그래서 사람들은 저를 빛의 무녀라고 불렀지요."

"음. 제 성에 대해서도 아는 바가 없습니다. 우리는 그렇게 가계를 중시하지 않으니…."

"그 밖에 그대들이 쓰는 여러 말에 우리 옛말의 흔적이 남아 있음을 확인했습니다. 저 또한 무슨 영문인지는 모릅니다. 아주 먼 옛날 이미 바깥 세계와 이곳이 접촉한 적이 있는 건지, 아니면…."

"도대체 그런 것을 어디서…."

"일단 제 이야기는 접어두고, 그대 이야기를 마저 해보시지 않겠습니까?"

살로만은 멍하니 노인을 바라보다가 답했다.

"아, 예. 제가 손이니 제 이야기를 먼저 하는 것이 타당한 일이겠죠."

충분히 쉰 그는 바닥에서 일어나 엉덩이를 털고서 절벽 가까이로 다가섰다.

"저의 고향 행성은 저항할 능력도 의지도 없었지만, 제국에 의해 파괴됐습니다. 그저 광물이 풍부하고, 여러 개로 나누어진 자치정부는 채굴에 비효율적이라는 이유에서였죠. 제국은 때로는 복속을 요구하기도 하고 때로는 직접 지배를 꾀하기도 합니다. 그것은 오로지 제국의 목적에 따라 정해졌습니다.

제국은 우리의 문화와 습관 따위는 전혀 고려하지 않았습니다. 우린 제국이 만든 시스템에 따라 정해진 대로 일만 하는 존재였습니다. 그때까지 우리는 평등한 의사결정 체계를 가지고 있었습니다. 민주주의라는 개념은 몰랐지만 우린 우리 나름대로 민주주의에 가까운 정치제도를 고안해냈습니다. 대표를 뽑고, 대표는 공공의 이익을 위해 봉사하는 제도였죠. 하지만 제국은 사해신민주의 구호에 따라 우리를 모두 노예로 취급했습니다. 제국은 겉으로는 평등의 이념을 전파했습니다. 하지만 그것은 황제 아래의 평등을 의미했습니다. 이 체제하에서 자유로운 사람은 오직 한 명, 황제뿐이었습니다.

본래 평화를 사랑하는 우리였지만, 침략자가 등장하자 자연스레 저항 의식이 생겨났습니다. 자유동맹은 이런 기회를 놓치지 않았죠. 행성 여기저기에 자유동맹의 선전이 뿌려졌습니다.

자유동맹의 모집 방법은 대략 이렇습니다. 침략받은 행성 여기저기에 희망을 알리는 선전물이 배포됩니다. 당연히 이런 문서는 소지만 해도 제국에 의해 처벌받지요. 여기엔 구체적인 모임 장소가 적혀 있지 않습니다. 다만 그들이 노리는 것은 민족의식과 독립 정신, 자결주의를 고취하는 것이죠.

실제 입대는 아주 비밀리에 이뤄집니다. 믿을 만한 사람들을 파견해 일터나 술집, 스포츠 경기장처럼 사람이 모이는 곳에서 떠들며 사람들을 떠보는 거죠. 그렇게 사상 검증이 이뤄지면, 물론 이건 여러 단계를 거쳐 신중하게 이뤄집니다, 입대를 권유하는 거죠.

현지인이 조직원으로 포섭되고 나면 다시 그가 포섭꾼으로 나섭니다. 그렇게 만들어진 현지인 포섭꾼은 더욱 은밀하고 폭넓게 지원자들을 모집하게 됩니다. 저도 오랜 친구였던 포섭꾼을 통해 입대했습니다."

"그건 그대가 원하던 입대였습니까?"

가슴이 물었다. 살로만은 잠시 침묵하다 대답했다.

"저는, 저는… 입대하고 싶지 않았습니다. 물론 제국놈들이 미웠습니다. 가까운 사람 여럿이 죽었고 삶은 삭막해졌습니다. 사람들은 예민해져 걸핏하면 싸워댔으며, 거리에는 취객과 부랑자가 많아졌습니다. 제국이 내세운 광산 선진화 정책 때문이었습니다. 사람들이 하는 일은 크게 달라지지 않았지만 원하는 일을 원하는 자리에서 원하는 만큼 할 수 없었죠. 그로 인해 채굴량이 늘었는지는 모르겠지만…. 자유를 빼앗긴다는 것이 어떤 의미인지 저는 확실히 몸으로, 삶으로 알 수 있었습니다. 그래서 홧김에 입대를 결심했던 것 같습니다.

하지만 저는 본래 전쟁을 싫어하는 사람이었습니다. 그보다 본질적으로는 규율대로 사는 삶에 거부감을 느끼는 사람이었습니다. 우리 행성의 가장 중요한 산업은 광업이었고, 대부분의 사람이 국가가 소유한 광산에서 일했지만 모두가 채광에 관여하는 것은 아니었습니다. 저는 광산에 소속된 화가였습니다. 다른 행성 사람들이 늘 오해하는 부분인데 우리 행성에도 다른 곳에 있는 것들이 다 있습니다. 문학도 있고 과학도 있고 스포츠도, 음악도 있어요. 다만 이런 문화가 대부분 국영 광산에 소속됐다는 점이 다를 뿐이지요. 제 그림은 보통 정부에서 구매해 갔습니다. 광산 도시 곳곳을 꾸미고 살기 좋게 만드는 것도 정부의 일이었거든요. 그런데 제국은 그림 공급을 중단하고 저를 채굴 잡일꾼으로 차출해 갔습니다.

저에겐 선택지가 없었습니다. 원하지 않는 육체노동을 하며 여생을 보낼 것인가, 아니면 자유를 위해 싸울 것인가. 이 중에서 고르라고 한다면 저에게 남은 것은 후자뿐이었죠. 예술가는 근본적으로 싸우는 존재이기도 하니까요. 그 대상은 개념이 될 수도, 질서나 기존 문화가 될 수도 있지만 실제 군대에 들어가 적군과 싸우게 될지도 모른다는 상상은 해본 적이 없었습니다.

말씀드렸듯, 자유동맹은 군사 조직이지만 개인의 신념에 반하는 명령은 내리지 않습니다. 그렇지만 이곳에서의 생활은 제국 치하 광산에서의 삶과 그리 다르지 않더라고요. 무엇보다 이것은 저에게 기만처럼 느껴졌습니다. 도대체 자유가 다 무엇이란 말인가요? 이곳에서 들은 격언 하나가 생각나더라고요. '누마르의 무덤길 같다'라는 말이었습니다. 혹시 들어보셨습니까? 이곳으로부터 좀 먼 서쪽에서 들은 말인데,"

살로만은 말을 쉬어갈 겸 물었다. 가솜이 대답했다.

"그 말은 들어본 적 없으나 누마르는 저도 가보았습니다. 순례 여행 시절이었습니다. 바다를 건너야 하는데 하필 그곳은 성난 바다용의 구역이었습니다. 풍랑에 휩쓸려 서녘 땅에 다다랐고, 그곳에서 다시 초원과 강과 산을 지나 이쪽으로 돌아왔습니다. 누마르는 오아시스 도시였죠. 그게 한 갑자, 육십 년 전이었으니 지금은 어떻게 변했는지 모르겠군요. 누마르의 못은 여전히 빛나던가요?"

"네. 밤이면 얕은 물에 잠긴 모래가 신비롭게 반짝이는 곳이었습니다."

"그립군요. 그곳에서 많은 일이 있었는데. 누마르의 무덤길은 아주 옛날 그곳을 다스린 왕가의 무덤입니다. 그 격언은 아마 거기서 비롯된 말이겠지요? 그곳에서는 침입자를 막기 위해 바닥이 꺼지는 함정을 설치해 놓았으니까요."

"그렇습니다. 이 말은 마치 무덤의 함정처럼 선택지가 주어진 것처럼 보이나, 사실 정해진 길은 하나뿐이라는 의미로 쓰입니다. 그 말을 듣는 순간 제 인생이 딱 그 길을 걷는 것처럼 느껴졌습니다. 제가 탈영을 결심한 직접적 계기가 바로 그 말이었습니다. 저는 군사 조직인 자유동맹의 방식 역시 받아들일 수 없었습니다. 분명히 이들은 은하 곳곳에서 승전보를 올리고 있습니다. 거대한 힘에 맞서기 위해서는 그에 상응하는 힘을 기를 수밖에 없다는 것 역시 알고 있습니다. 그렇지만 그 사이에 낀 저는 어떡합니까?

저는 제국이 밉지만 그렇다고 제 삶을, 제 그림을 포기할 수 없습니다. 이미 동맹군에서의 생활로 제 손은 거칠고 둔해졌습니다. 언제 붓을 잡아봤는지 기억도 까마득하네요. 커다란 악을 물리치지 않으면 자유를 얻을 수 없고, 자유를 포기하지 않으면 악과 싸울 수 없다는 이 모순. 저는 그것이 가장 견디기 어려웠습니다."

"이해합니다. 자신의 모순이 괴로웠겠지요."

이을리 가솜은 말했다.

"여기 와서 이 이야기를 하게 될 줄은 몰랐습니다. 아직 이곳 사람들에게는 어려운 이야기라…. 아 참, 죄송합니다. 제가 조금 주제넘은 말을 한 게 아닌가…."

빗싸 살로만은 문득 자신이 현지민을 깔보는 투

31

로 말하지는 않았나 생각했다. 이는 파견 사전 교육을 받을 때 여러 번 강조된 사항이었다.

"괜찮습니다. 무엇을 걱정하는지도 압니다. 우리 문명이 아직 개인이 처한 모순을 자각하기에 발달이 미진하다는 평가가 있었겠지요. 확실히 우리는 아직 영웅이나 왕 같은 존재가 아니면 자신의 운명에 대해 그리 골몰하지 못합니다. 대부분의 사람이 태어난 땅에서 살다가 다시 그곳에 묻히지요."

"그래서 어르신의 이야기를 들을수록 놀라는 것입니다. 도대체 어떻게 이곳 사람들의 인식을 그렇게나 뛰어넘는 지식과 지혜를 가지게 된 것입니까? 잠시 제 이야기를 접어두고 어르신의 사연을 들어도 되겠습니까?"

다시 하늘이 번뜩이면서 수천 개의 북이 동시에 울리는 듯한 소리가 들렸다. 전투가 거세지는 모양이었다. 온 대기가 진동하고 있었다. 행성을 향한 직접 포격은 순양함들이 에너지 실드를 펼쳐 막아주고 있었지만, 부분적인 교전은 대기권까지 떠밀려 오기도 했다. 그곳은 절대 안전하지 않았다.

하지만 가솜은 느긋하게 말을 꺼냈다. 아주 깊은 우물에서 퍼 올리듯이.

"비자불에서 무녀란 공동체의 구심점이 되는 존재. 국가 행사를 주관하고 중요한 일을 결정할 때 하늘의 뜻을 묻고, 아픈 자를 치유하고 어두운 밤을 밝히며, 사악한 주술을 막고 외적으로부터 마을을 수호합니다.

비자불은 처음에는 하나의 마을이었다고 전해지지만, 여러 마을을 아우르는 작은 나라로 발전했답니다. 그곳을 다스리는 자는 니림이라 불렸죠. 오늘날 임금 혹은 왕이라는 이름과 같습니다. 하지만 비자불은 온초에 복속된 뒤로는 온초의 지방으로 격하되었습니다. 온초는 우리의 방식을 존중해줬습니다. 니림이라는 호칭도 인정해주었고. 다만 그것은 어라의 신하로서였죠.

하지만 무녀의 힘은 약해졌습니다. 본래 무녀는 나라의 수호자였습니다. 그런데 이제 무녀와 관계하는 대상이 나라가 아니고 섬기는 하늘도 한 단계 낮은 하늘이 되었으니, 사람들의 믿음도 약해질 수밖에 없었습니다. 믿음이 약해지면 무녀의 힘도 약해지기 마련입니다. 무녀의 힘이 약해지면 다시 믿음도 약해지지요.

제가 순례길에 오른 건 그런 시절이었습니다. 과거에는 어린 무녀의 순례 여행이 시작될 때면 온 마을 사람들이 몰려나와 응원하고 무사한 여행을 기원해줬다는데, 저는 그 정도의 성원은 받지 못했습니다. 동네 꼬맹이들이나 나이 드신 분들이 몇 명 배웅 나온 정도였지요.

어린 무녀의 순례 여행은 몇 년이 걸릴지 알 수 없습니다. 그리고 그 길에 어떤 위험이 도사리고 있을지도 알지 못하지요."

비자불의 무녀

순례길은 외롭다고 했다.

사람의 발길이 닿지 않는 수풀 속이나 산중, 깊은 동굴 속에는 기묘한 괴물과 밝혀지지 않은 존재들이 도사리고 있다고 했다.

어린 무녀는 지팡이 하나에 의지해 먼 길을 떠나야 했다. 한 번도 마을에서 내다 보이는 건넛 멧부리를 넘어본 적 없는 가솜은 처음 맞이하는 밤, 산속 으슥한 바위에 웅크리고 앉아 훌쩍였다. 스산하게 들려오는 산짐승 소리에 잠들 수 없었다. 비자불에서는 늘 충만하게 느껴지던 영력도 약해지고 있었다. 믿음이 약해지면 힘도 약해지는 법이다. 가솜은 처음으로 그 어떤 보호도 받지 못한 채 세상에 홀로 던져진 듯한 기분이었다. 여기에는 신령한 당나무도 마을을 지키는 전사들도 없다.

그래도 처음 며칠간은 순탄한 편이었다. 영법으로 불을 피우고 지팡이 끝에 빛을 매달아 밤을 밝히면 짐승들도 접근하지 못했다. 가솜은 조금씩 들과 산에서 사는 법을 익혀나갔다. 모닥불 곁에서 비파를 퉁기는 여유도 부릴 수 있게 되었다. 그렇지만 새로운 위협이 나타나면 모든 경험이 허사로 돌아가기 마련이었다.

동물들은 불빛을 무서워했지만, 반대인 존재도 있었다. 바로 사람들이었다. 산속에 숨어 살며 지나가는 이들을 습격하는 무리가 있었다. 그들은 야인 혹은 산적이라 불리는 야만스러운 무리였다. 그들은 몸에 기름을 바르고 짐승 가죽을 덮어썼으며, 땅을 파 굴을 지어 살았다. 온초가 남쪽 지방을 통합한 이후로 그들은 꾸준히 토벌되고 포섭돼 통제받는 주민이 됐지만 일부는 여전히 숨어 지냈다. 그들이 홀로 불을 밝히고 있는 어린 여행자를 발견했을 때, 가만 놔둘 리가 없었다.

그들은 발소리를 죽여가며 접근해 왔다. 바닥에

꽂아둔 지팡이에서 발하는 은청색의 신비로운 불빛을 보면 아무리 야인이라도 경계하기 마련이다. 하지만 상대는 혼자였고, 웅크려 잠들어 있었다. 그들은 노련한 사냥꾼이자 약탈자였다. 습격하는 대형 속에서 각자 무엇을 해야 할지 알고 있었고, 서로의 발자국이 겹치지 않게 빙빙 돌며 서서히 포위망을 좁혀갔다.

그렇지만 그들이 예상하지 못한 것이 있었다. 이 작은 여행자는 웅크린 터 주위로 실을 둘러놓고 나뭇조각을 매달아 실을 건드리면 타닥타닥 소리가 울리도록 소리 덫을 만들어두었다. 누군가 접근하면 깨어나 대비하기 위해서였다.

나뭇조각이 부딪히며 요란한 소리를 내자, 가솜은 벌떡 일어나 바닥에 꽂아두었던 지팡이를 집어 들어 겨누었다. 이내 가솜은 어둠 속에 도사린 무리를 찾아낼 수 있었다.

그렇지만 가솜이 혼자라는 사실에는 변함이 없었다. 산적 무리는 멈추지 않고 접근해 왔다. 대신 이번에는 기척을 감출 생각이 없었다. 그들은 자세를 높이고 속도를 내 도끼나 몽둥이, 창을 공격 자세로 치켜들었다. 가솜은 기다렸다.

마침내 선두에 선 자가 코앞까지 모습을 드러냈을 때, 가솜은 몸을 틀어 그보다 한 발짝 더 가까이 뒤로 다가온 자를 향해 빛을 쏘았다. 영력을 구체화해 물리적 힘을 발하는 영법이었다. 빛은 산적의 가슴과 턱을 훑고 뒤로 날아가 나무에 부딪혀 흩어졌다. 그 힘에 나무가 패이고 꺾일 정도였으니, 빗맞은 산적 역시 무사하지 못했다.

하지만 다른 산적들은 아직 상황을 파악하지 못한 채 달려드는 중이었다. 가솜은 다시 뒤로 돌아 선두에 선 자의 얼굴에 남은 빛을 쏘았다. 그 힘은 조금 전보다는 약했으나, 수염을 모두 불태우고 기세를 꺾어놓기엔 충분했다. 얼굴이 불타는 듯한 충격을 받은 산적은 탁한 비명을 질렀다. 그러자 뒤따르던 자들이 주춤하며 멈춰 섰다. 하지만 가솜이 바위를 등지고 수십 명의 산적에게 둘러싸인 형국이었다.

그들은 놀랐을 것이다. 어둠 속에서 두 명이 순식

간에 쓰러지고 나무가 파이는 것도 보았다. 상대가 어떤 요술을 부릴지 짐작할 수 없는 상황에서 습격자들은 아주 잠깐 생각이 멈출 수밖에 없다. 하지만 그것은 잠깐이었다. 상대는 어차피 여자아이 하나이고 그 어떤 신비로운 힘을 가졌어도 숨이 끊어지면 쓸 수 없다는 사실을 이내 깨달을 터였다.

가솜에게 필요한 것 역시 그 잠깐의 머뭇거림이었다. 가솜은 또 다른 영법을 준비 중이었다. 그곳은 늙은 참나무의 뿌리가 돋은 자리였다. 오래된 나무는 가장 강한 영기를 품고 있다. 무녀는 만물의 영과 소통하는 존재. 영과의 감응을 통해 영력을 자신에게 끌어모으고, 이때 기원이 된 영의 속성을 물려받아 물리적인 힘으로 구현할 수 있다. 때로는 대상의 도움을 직접 받기도 한다.

나무가 대표적인 대상이다. 가솜이 지팡이를 바닥에 꽂자, 커다란 뿌리가 요동치기 시작했다. 가솜을 둘러싼 무리는 일제히 허둥대며 자빠졌고 서로를 칼로 찌르는 등 혼란에 빠졌다. 가솜은 재빨리 참나무 기둥으로 달려가 양팔로 줄기를 감쌌다. 두 팔

이 채 절반까지도 닿지 않을 만큼 큰 줄기였다. 수백 년간 자리를 지키고 있던 뿌리가 들썩이자 흙과 바위가 무너지기 시작했다. 사람들은 그대로 흙더미와 함께 쓸려 내려가고 말았다.

흔들림이 잦아들자 가솜은 바닥에 내려섰다. 그리고 힘을 빌려준 나무를 향해 허리 숙여 감사의 인사를 했다. 이 나무는 그날 이후 지금까지도 마지막으로 움직였을 때의 그 모습을 지키고 있다.

한 차례 근방을 흔들어놓았으니 그날 밤은 다소 안심하고 잠들 수 있었다. 경보 덫도 필요하지 않았다. 가솜은 처음으로 정신없이 잠에 빠졌고, 이튿날 새가 우는 소리에 깜짝 놀라 눈을 떴다. 갈새 한 마리가 지팡이 위에 앉아 있다가 포르르 날아갔다. 벌써 사방이 하얗게 보이는 아침이었다. 밤중에 미처 알아보지 못했는데 산 아래로 강물이 흐르고 있었다. 강폭을 보아하니 수도로 흐르는 강, 보샤매의 상류 같았다. 며칠만 더 가면 수도였다. 그곳 근방에 첫 번째 소도가 있다.

가부아비

"앗, 저건!"

이야기 도중, 빗싸 살로만이 바다 쪽을 가리키며 외쳤다.

섬이 움직이고 있었다. 섬치고는 조금 작고 바위라기엔 큰 무언가가 슬그머니 그들이 서 있는 절벽 근처로 다가왔다. 절벽 위쪽까지 솟은 빽빽한 대나무숲이 둥그런 바위 위로 자라 있는 그 섬의 크기는 대형 수송선 혹은 작은 구축함 정도였다. 우주에서 다양한 자연환경을 겪어본 살로만도 바다 위에서 움직이는 섬은 본 적이 없었다.

"가부아비로군요. 저도 정말 오랜만에 봅니다."

가솜이 말했다.

"가부아비?"

"아비, 즉 압은 옛말로 멧부리를 뜻하지요. 아마 대나무가 저렇게 울창하지 않았을 적 붙은 이름인 것 같습니다."

그것은 일견 작은 산처럼 보이기도 했다. 하지만 수면부터 솟은 산 또한 본 적이 없었다. 이내, 그것의 정체가 드러났다. 바다가 크게 출렁이더니 커다란 바위가 수면 위로 올라왔다. 곧 그것이 바위가 아님을 알 수 있었다. 그것은 집보다도 큰 거북의 머리였다. 가부아비의 정체는 등에 대나무숲을 이고 다니는 커다란 거북이었다!

"저, 저건⋯."

우주에서 수 킬로미터에 달하는 전함을 타고 다니던 살로만도 이 존재를 보고 경탄하지 않을 수 없었다. 울퉁불퉁하고 갈라져 마치 지층의 단면처럼 보이는 거북의 머리에서는 이루 짐작조차 힘든 세월이 느껴졌다. 등껍질은 수풀과 눌러앉은 바위에 가려져 거의 보이지 않았다. 머리와 다리가 잠겨 있을 때면 그저 떠다니는 섬으로 보였던 이유였다.

"가부아비는 신수입니다. 세상에 변고가 있을 때

나타나 경고해주거나 작은 도움을 주곤 하죠."

"경고…. 그러면 말도 합니까?"

"들어보시지요."

가부아비의 주름진 눈이 천천히 뜨였다. 그 눈은 공허하게 하늘 위를 바라보았다. 그에게 표정이 있는지는 알 수 없었지만, 그 눈길은 흡사 원망하는 대상을 무력하게 바라볼 수밖에 없는 작은 동물의 것만 같았다.

가부아비의 눈이 천천히 절벽 위를 향해 움직였다. 살로만은 눈이 마주친 기분이 들었다. 하지만 한편으로는 저 거리에서 자신의 자그마한 눈을 인지할 수 있을까 하는 생각도 들었다.

"오래만이구나, 무녀여."

목소리가 들려왔다. 그 존재의 입은 마치 바위처럼 닫혀 있었지만 마치 바람이 실어다주듯 신비로운 목소리가 들려왔다. 거북이 내는 목소리임은 분명했다. 아니, 알 수 있었다. 살로만은 혹시 등에 있는 대나무 숲에서 울리는 바람 소리가 아닐까 생각했다.

"강녕하셨습니까. 그날 이후로 세상이 많이 바뀌었습니다."

가솜이 답했다.

"네 얼굴의 주름을 보니 그런 것 같구나. 그때 너는 세상 모르는 어린아이였지."

"지금도 모르는 건 매한가지입니다."

"네가 모르면 그 누가 세상 이치를 알겠느냐."

그리 멀지 않은 바다로 무언가가 추락했다. 전투는 그 순간에도 이어지고 있었다.

가부아비는 말했다.

"수많은 신령한 존재가 피해를 보았다. 그중에는 인간에게 속한 것인 죽음을 맞이한 것들도 있지. 이 세상에 영기가 사라져가고 있다. 모든 땅이 황폐해지고 다시는 생명이 살 수 없게 될지도 모른다."

"어떻게 방법이 없겠습니까? 제 힘으로는 저들의 비차 하나 상대하기도 버겁습니다."

가솜은 간곡히 말했다.

"나는 다만 천고의 짐을 지고 떠다니는 존재일 뿐이다. 신령들이 울부짖을 때 오랜 잠에서 깨어나 흥

44

한 천기를 살필 뿐이지.

다만 지금은 전에 없이 위험한 시대라는 것을 알겠구나. 그것도 지상의 사람들이 먼저 두려움에 떨고 있을 때 뒤늦게 이렇게 눈을 떴으니 그마저 애석하다."

"먼 옛날에는 셔벌의 왕에게 고귀한 피리를 내어주었다고 들었습니다. 그 피리를 불면 적군이 물러나고 전염병이 사라지고 가뭄이 해결된다고 했죠. 그때의 신령함을 다시 내려주실 수 없으십니까?"

바람이 불어와 수풀을 흔들었다. 그 소리는 흡사 한숨처럼 들렸다.

"그것은 그저 전해지는 이야기일 뿐이다. 어찌 일국의 왕에게 그런 보물을 내려주겠느냐. 다만 내가 그에게 준 것은 음을 나타내는 법도였다. 이후로 셔벌에서는 하늘에 제사를 지낼 때 그 음률을 연주했다. 그럴 때마다 신이한 일이 일어났다면 어찌하여 그들이 바리냐에게 복속됐겠느냐."

"알 것 같습니다. 비록 영법을 써 하늘의 뜻을 표방한다 하더라도 한계가 있었겠지요."

"잠깐, 영법이니 신령이니, 도대체 무슨 말입니까?"

살로만이 끼어들었다.

"어르신이 현대 우주의 지식을 어느 정도 갖추었으니 하는 말입니다. 무녀니, 제사장이니 하는 건 그저 종교적 의식을 말하는 것이 아닙니까? 물론 이곳 사람들은 신이라든가 귀신을 실제로 믿겠지만…."

가솜이 말했다.

"지금 눈앞에 있는 저 신령한 존재를 보고서도 그런 말씀을 하시나요?"

"아니, 저건 그냥 큰 거북 아닙니까? 신령한 존재라고 하면 나무나 바위를 일컫기도 하잖습니까. 또, 저 정도로 큰 생물은 다른 행성에도 얼마든지…. 물론 말을 한다는 것이 놀랍긴 하지만 몸집이 큰 고등 생명체가 없는 것도 아니고요."

가솜은 대답하는 대신 큰 거북에게 말했다.

"신수시여, 지금 여기에 모습을 드러낸 것은 또한 천기에 따른 것이옵니까?"

가부아비가 답했다.

"모든 것은 순리대로다. 나 또한 내가 가는 곳을 모르고 다만 가야 할 곳으로 갈 뿐이다."

"그렇다면 가게 될 자리에 누가 있을지, 누구를 만나게 될지 아시는 겁니까?"

"무얼 묻는 건지 알겠다. 상고로부터 지금까지 그런 것을 물어본 사람은 없었다. 그래서 나도 이제야 깨달았구나. 그렇다. 나는 어디로 가야 할지는 알지 언정 누구를 만나야 할지는 모른다. 다만 천기가 이끄는 대로 전해야 할 말을 전할 뿐이다."

"그렇다면, 지금은 무슨 말을 전하려 하십니까?"

거대하고 늙은 거북은 목을 위로 죽 뺐다. 근방에 하얀 물결을 일으키는 그 모습은 마치 용이 솟구치는 듯했다.

가까이에서 본 거북의 얼굴은 절벽을 덮을 정도의 크기였다.

"하지만 이상한 일이지. 내 사명은 이미 다한 것 같다는 느낌이 드는구나."

가부아비가 말했다.

"헤아릴 수 없는 세월 속에서 이런 적은 한 번도

없었다. 앞날이 보이지 않는구나. 무슨 말을 해야 할지도 모르겠구나. 그저 너희와의 마주침 자체가 나의 이유였을지, 아니면 너희 중 한 명에게 내 모습을 보이는 게 사명이었을지. 그것도 아니면 지나온 길에 만난 어떤 나그네들에게 안부를 건네기 위함이었는지.

중요한 것은 이제 내 소임을 다했다는 점이고, 너희 인간의 운명은 이제 너희에게 달려 있다는 사실이다. 예로부터 그랬다. 나는 앞날을 알려주지 않는다. 다만 나와 같은, 아니 더 무거운 짐을 짊어진 인간이 가야 할 길을 몰라 헤맬 때 그 앞에 무언가가 있음을 넌지시 암시해줄 뿐이지. 선택은 인간 각자의 몫이다. 그것을 어떻게 받아들이든 어떻게 해석하든 너희는 어떤 선택이든 할 수 있고 자신의, 그리고 이 세계의 운명을 결정할 수 있다.

마치 지난날의 자네가 그랬듯이."

그 말을 남기고 가부아비는 육중한 몸을 돌렸다. 머리를 다시 물속에 감추었을 때는 커다란 물보라가 쳐 절벽 위까지 적셨다. 바다 위에 홀로 솟은 섬,

마치 거북의 머리처럼 생긴 멧부리는 절벽 해안을 떠나 서서히 멀어져갔다. 가솜은 눈을 감고 손바닥을 모으고 천천히 허리를 숙였다.

"이해할 수 없습니다. 저 거북은 무언가 계시를 전하기 위해 나타난 것이 아닙니까? 그런데 자기가 어떤 계시를 전해야 하는지도 모르다니요."

살로만이 말했다. 거북은 어느덧 시야에서 사라져버렸다.

"그 뜻을 우리가 어찌 알겠습니까. 본래 신령한 계시는 시간이 지난 뒤에야 본 의미를 알게 되는 경우가 많습니다."

"그렇다면 계시가 아무 의미 없지 않나요?"

그것은 순진하지만 타당한 질문이었다.

"그럴 수도 있지요. 하지만 그렇다고 아무런 결단을 하지 않는다면 정말로 최악의 미래가 찾아오고 말 테지요. 저는 이렇게 생각합니다. 계시는 우리에게 올바른 선택을 할 기회를 주는 것이라고요.

물론 우리는 계시가 없어도 올바른 선택을 할 수

있습니다. 하지만 인간은 약합니다. 무엇이 올바른지 알면서도 차마 그것을 실천하지 못하는 것이 인간 된 존재입니다. 하지만 계시가 있으면 믿음을 가질 수 있습니다. 믿음은 실천할 힘을 부여합니다."

살로만은 고개를 끄덕였다. 그렇지만 그가 진짜 듣고 싶은 것은 그런 이야기가 아니었다. 아직 그들이 말하는 것이 다만 상징적이고 관념적인 말인지 아니면 다른 뭔가가 있는 건지 구분할 수 없었다.

"아직, 이 행성에는 이해할 수 없는 것이 많습니다. 이젠 제가 앎을 구해야 하는 처지군요."

"말씀드렸잖습니까. 제 이야기를 하려면 하루를 꼬박 새워도 모자란다고요."

가솜은 마치 놀리는 듯한 미소를 띠었다.

"그래도 마저 듣고 싶습니다. 어르신이 순례길에서 무엇을 보았는지, 어떤 모험을 했는지. 저 거북은 이전에도 어르신 앞에 나타났었습니까?"

"그렇지요. 하지만 지금 그 이야기까지 하려면 너무 멀리 나가게 될 것 같습니다. 그때도 이 세상이 한 차례 위기에 빠진 적이 있었고 가부아비는 그때 저에게 나타나 경고해주었습니다. 그런데 지금 들어야 하는 이야기는 그것이 아닙니다. 조금 다른 방향의, 사실 그보다 조금 더 뒤의 이야기입니다.

제 순례길 전부를 전해줄 필요는 없겠지요. 드문드문 중요한 국면을 잘라서 이야기해보도록 하겠습니다. 하지만 그 역시 짧지는 않을 것입니다."

하고, 가솜은 이야기를 마저 시작했다.

수도 미두불

처음 보는 수도의 풍경은 입이 벌어질 만했다.

강을 따라 나루터와 민가가 끝없이 이어졌다. 눈이 간신히 닿는 곳에 깃발이 빼곡하게 꽂히고 망루가 띄엄띄엄 내려다보는 거대한 성벽이 솟아 있었다. 진흙으로 잘 다져진 성벽이었다. 겉면에는 우아한 곡선 무늬가 끝없이 그려져 있고, 그 위로는 목책과 망루가 그보다 높이 솟아 아래를 내려다보는 모양새였다. 성벽은 구불구불 휘어져 끝없이 이어지다가 강의 곡면을 따라 송편 모양으로 연결되었다.

성벽 바로 바깥, 폭 넓은 강에 도사린 수많은 나루터에는 배가 끊임없이 드나들고 있었다. 배의 모양은 제각각이었고 가지각색의 깃대를 내걸었다. 나이 든 사람들은 옛말을 따라 이 강을 '보샤매'라고 불렀다. 하지만 이곳을 찾는 외지인들은 알기 쉽게 '깊은 강'이라고도 불렀다. 거대한 원양선까지 드나들 수 있는 폭과 깊이를 지닌 강줄기가 내지의 거친 고개산맥에서부터 바다까지 이어지기에 붙은 이름이었다.

반대쪽, 평지를 향해 난 성벽 바깥으로는 시장이 펼쳐져 있었다. 상인들은 물건을 늘어놓고 팔았고, 배를 타고 온 외지인들은 시끄러운 목소리로 흥정하거나 물건을 분주히 나르고 있었다. 가솜은 이런 광경을 처음 보았다. 산과 물 바깥에 풍습이 다른 사람들이 살고 있다는 말은 들었지만, 이전까지 가솜이 본 가장 낯선 사람은 수도에서 마을로 내려온 관리 정도였다. 가솜은 사람들의 외모와 차림새가 이토록 다양하리라고는, 여태껏 상상할 수 없었다. 말 또한 알아들을 수 없는 것투성이였다.

조금 주눅 든 가솜은 어디로 가야 할지 고민하다가, 우선 높은 사람을 찾기로 하고 성벽으로 가보았다. 성벽 바깥 거리는 번잡했으나 이내 이 도시를 가로지르는 큰길 하나를 발견했다. 그 길은 위아래로 길게 뻗어 있었고 그 끝에 다다른 성벽에 커다란 문이 있었다. 저기가 입구겠거니 싶어 가솜은 길을 따라갔다.

가까이에서 본 성벽은 어마어마했다. 고개를 꺾어서 보아도 그 끝이 보이지 않을 정도였다. 흙벽이 비스듬하게 올라가고 있었음에도 높이는 족히 15미터는 돼 보였다. 그 위에는 기와지붕이 마치 이곳이 모든 사람이 통해야 하는 길임을 천명하듯 솟아 있었다. 문밖으로는 창을 든 병사가 지키고 있었다.

"멈춰라! 웬 놈이냐!"

병사는 대뜸 고함쳤다. 가솜은 깜짝 놀라 지팡이를 끌어안으며 대답했다.

"얼움다움사. 비, 비자불에서 왔습니다."

"비자불? 거기서 너 같은 꼬맹이를 왜 보냈지?"

"보, 보낸 것이 아니오라, 순례 여행 중입니다. 소도를 찾고 있습니다."

"소도?"

그는 문의 왼편 끄트머리에 선 병사를 돌아보며 물었다. 왼편의 병사가 말했다.

"아, 옛 신당 말하는 거로군."

가솔은 답했다.

"아, 예. 신당이라고도 합니다. 그곳에서 신령께 기도를 올리려는데 어디로 가야 하는지 아십니까?"

"신당은 강 건너 검은산에 있다고 들었다. 하지만 그곳은 어라의 명으로 출입을 금하고 있다."

왼쪽의 병사가 말했다.

"예엣? 출입을 금하다니, 어째서입니까?"

"어째서라니?"

오른쪽 병사가 어이없다는 투로 말했다.

"시골에서 왔다더니 정말 어리숙하구나. 어디 가서 함부로 그런 걸 묻지 말아라, 애야. 검은산은 어라와 그 신성한 혈통이 대대로 묻히는 곳이다. 너 같은 평민 여자아이가 함부로 발 디딜 수 없는 곳이야."

"네에? 하지만! 소도는 수도를 옮기기 전부터 누구나 들어갈 수 있는 신성한 곳이었습니다. 비록 범죄자라도 그곳에 들어가면 잡으러 갈 수 없는 것이 그곳의 법도…."

"무슨 무엄한 소리를 하느냐!"

오른쪽 병사가 버럭 소리를 질렀다. 가슴은 움츠러들어 뒤로 두 발짝 물러났다.

"옛 신당은 낡은 미신의 흔적일 뿐이다. 성스러운 어라께서 다만 전통을 존중하여 그곳을 남겨두고 계신 것이지. 내 생전 감히 그곳에 발을 딛겠다는 자를 만나본 적이 없다. 수도에 왔으면 구경이나 실컷 하고 어라의 위엄과 은혜를 느끼고 돌아가도록 하라.

그리고 서측 지역에 너희 평민들도 기도드릴 수 있는 사원이 있으니 참배하고자 하면 그곳에나 가 보도록 하라."

"사, 사원? 그건 무엇입니까?"

"사원이 사원이지 무엇이겠느냐?"

"그…. 저는 소도에 가야 합니다. 지금 소도에 갈 수 없다면 어라를 찾아뵙고 허락을 구하겠습니다. 어라를 알현할 수 있겠습니까?"

"무엇이!"

병사는 마치 대장군처럼 눈을 부라리며 호통쳤

56

다. 가솜은 다시 한 발짝 뒤로 물러섰다.

"어라께선 촌뜨기 꼬맹이를 상대할 만큼 한가한 분이 아니다. 무엄한 소리 말고 썩 물러나도록 해라!"

병사는 창 뿌리를 바닥에 내리찍어 위협했다. 가솜은 물러날 수밖에 없었다.

가솜은 서측 지역이 어디인지 가늠해보았다. 해가 머리 위에 떠 있는 시각인 데다 도로가 네모나게 끝없이 나 있어서 방향을 헤아리기 어려웠다. 담장은 머리보다 높고 지붕은 훨씬 높은 기와집들이라 멀리 내다볼 수도 없었다.

하지만 산중에서 멀리 도시가 바둑판처럼 내려다보일 때 성벽의 가장 고른 면이 남쪽을 향하고 강물은 동남쪽에서부터 도시 위쪽을 가로질렀다는 점을 떠올렸다. 그렇다면 저 큰 문은 아마 똑바로 남쪽을 향하고 있을 것이다. 가솜은 결론내릴 수 있었다. 이 도시는 가운데 난 큰길을 기준으로 동서남북을 구분하고 있다.

번잡한 상점가를 지나다 보니 굉장히 높은 건물이 눈에 띄었다. 가까이에 있는 담장과 지붕이 원체 높아서 미처 보지 못했던 것이었다. 건물의 모습은 위로 솟은 궁궐 같았다. 하지만 조금 전 가까이서 보았던 성벽보다도 다섯 배는 높았고, 기와지붕이 층층이 쌓여 있었다. 하나, 둘…. 그 층수를 세어보니 모두 네 개의 누각이 보였다. 그곳으로 가는 거리에는 기둥이 일정 거리마다 꽂혀 있고 기둥 사이를 이은 실을 따라 알록달록한 등이 줄줄이 늘어져 있었다. 그 앞으로 노점상과 외국의 상인, 구경하는 사람, 짐을 나르는 사람, 귀한 비단옷을 입은 귀족이 한데 섞여 사람들 팔꿈치에 치이지 않고서는 한 발짝도 앞으로 나아갈 수 없을 것 같았다.

마침내 가솜은 성문 못지않게 커다란 문에 다다랐다. 문은 역시 담장으로 이어져 있었다. 그곳이 병사가 말한 사원이라는 것은 묻지 않아도 짐작할 수 있었다. 성문과 달리 문이 열려 있었고 사람들이 드나들고 있었다. 예의 높은 건축물은 사원의 중심부에 있었다.

그리고 또 눈에 들어오는 것이 있었다. 바로 문 안쪽에 좌우로 대칭되어 솟은 한 쌍의 높은 기둥이었다. 청동으로 만든 게 아닌가 싶은 기둥은 뒤의 건물에 필적할 만큼 높이 솟아 있었고 그 끝에는 짐승으로 보이는 모양이 있고 짐승의 입으로부터 기다란 깃발이 늘어져 바람에 흔들거리고 있었다.

"턱 빠지겠다, 이것아."

불현듯 치고 들어온 목소리에 가솜은 깜짝 놀라 두리번거렸다. 지나가던 사내가 장난기 어린 얼굴로 말을 던졌다. 그는 절풍을 쓴 온초 남자였고 소매를 모은 채 문 앞을 지나가고 있었다.

가솜은 마주한 김에 그를 불러 세웠다.

"잠시 여쭙겠습니다. 이 집은 대체 무엇입니까? 무엇인데 저렇게 궁궐보다도 높게 지은 것입니까?"

가솜의 말에 멈춰선 사내는 말했다.

"미두불은 처음이냐? 여기는 자애로우신 크라흐야 님의 사원이다. 설마 크라흐야 님을 모르는 건 아니겠지?"

가솜은 대답할 수 없었다. 모르는 것은 사실이었

지만 솔직하게 말했다가는 추궁당할 것 같았기 때문이었다.

"이런, 이런. 시골뜨기로군."

그는 너털웃음을 지으며 말했다.

"걱정 말게나. 여긴 온 세상 사람이 다 모이는 온초의 수도 미두불이지. 너 같은 시골뜨기도 종종 구경 오는 곳이라네. 아직 크라흐야 님의 빛이 닿지 않은 곳이 많이 있다는 것도 알고 있지. 한번 참배하고 인사드려보는 게 어떻겠나? 크라흐야 님은 자비로우시니."

그의 말을 들은 가솜은 용기를 내 질문했다.

"그러니까 여기는 크라흐야 님의 성소라는 말인가요? 크라흐야 님은 하늘님이나 신령님 같은 분이신가요?"

"그보다 훨씬 높으신 분이지! 크라흐야 님은 세상의 시작이자 끝, 전체이자 일부, 있음이자 없음, 모든 우주의 본질이면서 궁극적인 모습이시지. 그리고 우리 중생을 구원하러 오실 분이시다."

이해할 수 없는 말이 쏟아지자 가솜은 멍하니 남

자를 올려다볼 수밖에 없었다.

"못 믿는 모양이로구나. 놀라운 사실을 알려주마. 크라흐야 님의 빛을 받으면 죽음마저 극복할 수 있단다."

"네에?"

"정말이야. 이 도시에 사는 모두가 증인이라고. 다름 아닌 지고하신 어라께서 바로 그러하셨지. 어라께서 북방으로 순시를 나가셨을 때다. 그때 마침 남쪽 땅을 몰래 넘어온 바리냐의 사냥꾼 무리와 마주쳤지. 그 비열한 자들은 말을 타고 도망치며 화살을 쏘았고, 그만 어라께서 그 화살에 맞고 말았단다. 모든 백성이 밤낮으로 울었지. 그런데 어라께서 붕어하시고 사흘이 지나 기적이 일어났지! 사원의 탑에 번쩍거리는 번개 빛이 떨어지더니 다음 날 어라께서 멀쩡한 모습으로 백성들 앞에 나타나셨다.

어라께서는 크라흐야 님께서 이 나라를 보우하고 계시어 특별히 생사의 권능을 내려주셨다고 말씀하셨고, 수많은 백성이 감읍했다. 그게 삼 년 전 일인데, 그사이 교역도 크게 늘고 백성들도 부유해졌으니 이 어찌 크라흐야 님의 은총이 아니겠느냐."

가솜은 일단 대꾸하지 않기로 했다. 하늘은 수많은 기적을 일으키지만, 단 하나 하지 않는 일이 있다면 직접 목숨을 주거나 뺏는 일이었다. 그 까닭은 아무도 말해주지 않았지만 가솜은 막연히 생각했다. 만일 죽은 자가 살아난다면 그것이야말로 순리를 저버리는 일이 아닐까.

계속 생각했다. 하늘보다 높은 존재라니, 그런 개념은 생각해본 적 없었다. 비자불에서는 마을마다 섬기는 대상이 달랐다. 하지만 가솜은 단지 매개하는 대상이 각각 다를 뿐 결국 하나의 '하늘'로 통한다고 여겼다. 어떤 마을은 사슴, 어떤 마을은 곰, 어떤 마을은 산봉우리를 모셨지만 어디서도 거기에 이름을 따로 붙이지는 않았다. '크라흐야 님'이라니, 마치 사람을 부르는 것 같다고, 가솜은 생각했다.

"그럼, 저 높은 건물이 크… 라야 님께 기도하는 곳인가요?"

가솜은 높은 누각을 가리키며 물었다. 남자의 발

음은 알아듣기도, 기억하기도 어려웠다.

"저건 탑이야. 크라흐야 님의 사리를 모신 곳이지만 그 자체를 크라흐야 님이라고 보지는 않는다네. 우리가 기도하는 곳은 본당이라네. 그곳에 우상이 있는데, 이를 모든 본질이자 근원인 크라흐야 님의 화신이라 여기고 기도하지. 한번 본당에 들어가 존안을 뵙고 인사드려보게나. 그 인자하신 존안 앞에 무릎 꿇는 것만으로도 마음에 평화가 찾아오고 정신이 맑아질 테니."

남자는 그렇게 말하고는 다시 종종걸음으로 떠나갔다.

어쨌든 지금 가솜은 소도에 가야 한다. 하지만 그곳은 어라의 명으로 접근할 수 없다. 어라를 직접 만나는 일도 쉽지 않아 보였다. 아주 막연한 예감이었지만 가솜은 이 사원이라는 곳을 찾아야겠다고 생각했다. 아직 정확히 개념화할 수는 없었지만 가솜은 사원에서 어라가 소도를 봉한 이유를 찾을 수 있지 않을까 싶었다.

지나가던 남자의 말을 듣고 나니 예감은 심증으

로 변했다. 크라흐야 님의 사원은 소도의 역할을 대신하는 장소였다. 오랜 시간 이 땅에 살던 사람들이 모시던 신령은 산중에 외따로 유폐되고, 정체불명의 새로운 신령이 수도 미두불의 중심을 차지하고 있었다.

그렇지만 아직은 알고 싶다는 마음이 더 컸다. 크라흐야 님이라 해도, 하늘보다 높다 해도 결국 전하고자 하는 바는 같지 않을까. 크라흐야 님은 무슨 가르침을 내릴까. 나의 영법으로 그분과도 대화를 나눌 수 있을까?

가솜은 사원 안으로 발걸음을 내디뎠다. 한 단만큼 솟아 있는 문지방 아래 돌을 밟는 순간이었다.

가솜은 멀찌감치 뒤로 나가떨어지고 말았다. 나무가 휘날릴 정도의 바람을 사람 한 명이 지날 수 있는 굴에 모아 한꺼번에 쏘아붙인다면 그렇게 될까. 반사적으로 영력을 끌어올려 충격을 완화하려 했지만, 튕겨 날아가는 속도가 더 빨랐다. 처음 느껴보는 속도감과 균형을 잃는 감각, 그리고 온몸으로 쏟아지는 듯한 충격에 가솜은 그만 정신을 잃고 말았다.

마지막 순간까지 가솜은 지팡이를 가슴팍에 꼭 끌어안고 있었다.

  산속에서 쪽잠을 청했을 때와 같은 습기와 그보다 더 불쾌한 냄새에 눈을 떴을 때, 가솜은 낯선 서까래를 보았다.

  바닥에는 축사처럼 짚이 깔려 있었다. 지독한 냄새의 출처를 찾아보니 한쪽 구석에 난 구멍이 분뇨 구멍으로 쓰이고 있었다. 당연히 그 근방 짚단은 오염돼 있었다. 더 살펴보지 않아도 이곳이 감옥임은 분명했다. 지팡이는 보이지 않았고 몸을 더듬어보니 소지품도 전부 사라진 상태였다. 무녀의 중요한 표식인 청동거울, 손칼, 사냥할 때 쓰던 짧은 활, 자질구레한 물건을 담은 주머니들, 그리고 비파까지. 다행히 머리에 꽂은 비녀만은 그대로였다.

  탈출할 수 있을까 싶어 영력을 끌어모아봤다. 그런데 이상하게도 마치 며칠은 굶은 것처럼 힘이 전혀 모이지 않았다. 신체적으로는 아직 체력이 남아 있는데도 말이다.

어쩔 수 없이 기다려보기로 했다. 기절한 사람을 가뒀다는 것은 무언가 할 말이 있다는 뜻일 터였다. 두꺼운 나무살로 만들어진 방 앞면은 어두운 통로와 맞닿아 있었고, 바깥으로 이어진 뒷면 창은 위로 조그맣게 나 있어 하늘밖에 보이지 않았다. 자연스럽게 연상하기로는 사원 앞에서 쓰러졌으니 사원 측에 붙잡힌 게 아닐까 했지만 이내 정정했다. 하늘님 같은 분을 모시는 신성한 사원에 이런 감옥이 있는 것은 부자연스럽기 때문이었다. 그렇다면 여기는 성안일까? 그 높았던 성벽 안에 들어오고 싶었지만 이런 식은 아니었다.

가솜은 꼬박 하루를 보냈다. 꼼짝없이 굶어야 했지만 의외로 괜찮았다. 그도 그럴 것이, 여행을 시작한 뒤로 그 전날까지 매일 밤 바깥에서 밤을 보내며 긴장을 늦추지 못하고 얕은 잠만 간신히 청했기 때문이었다. 적어도 이 안에서는 난데없이 습격하거나 하진 않을 테니까. 가솜은 마음 놓고 푹 잠들 수 있었다.

다음 날 해가 높이 솟을 무렵, 가솜은 옥졸에게 끌

려 밖으로 나왔다.

과연 그곳은 지금까지 봐온 풍경과는 또 다른 공간이었다. 무엇보다 발끝에 닿는 감각이 생경했다. 가슴은 그 어떤 곳에서도 느껴본 적 없는 저항감에 당황하고 말았다. 바닥은 온통 엇비슷한 크기로 잘린 돌로 빼곡하게 메워져 있었다. 전날 걸었던 거리는 격자 모양의 길만 돌로 포장돼 있었으나, 이곳은 흙바닥이 아예 보이지 않았다. 처음 느껴보는 이질감이 발끝을 지나 목덜미까지 전해졌다. 특히 자연의 정과 교감하는 무녀에게는 더욱 예민하게 느껴질 수밖에 없었다.

그곳은 분명히 성벽 안쪽이었다. 그것도 꽤 깊숙한 곳인 것 같았다. 멀찍이 성벽과 깃발이 이 공간을 둘러싸고 있는 것을 볼 수 있었다. 그곳은 도시 속 도시였다. 건물들은 바깥의 기와집들과 달랐다. 규모는 훨씬 컸고 담장도 높았으며 무엇보다 기와가 하나같이 초록색이었다.

가슴은 밧줄로 감긴 채 옥졸 둘의 뒤를 따라 걸었다. 그들의 발걸음이 너무 빨라서 몇 번이나 넘어질 뻔했다. 돌바닥에 자빠지는 경험도 생전 해본 적 없었지만 굳이 겪어볼 필요는 없었기에 가슴은 열심히 뒤따라갔다. 지나가는 사람들 역시 하나같이 고귀해 보였다. 관복을 입고 관모를 쓰고 손에 홀을 든 관리들, 그보다 덜 격식을 갖췄지만 비단옷을 입고 깃털 단 절풍을 쓴 귀족들, 치마를 걷고 거침없이 뛰어다니는 여자아이, 큰길을 따라 말을 타고 다니는 무관과 그 뒤를 따라 줄 맞춰 걸어가는 병사들도 볼 수 있었다.

굽이굽이 골목길을 지나 다다른 곳은 또 다른 성벽이었다. 바깥 성벽보다는 조금 낮았지만 돌로 만들어져 있었다. 그 너머에는 정말 높은 사람이 거주하고 있음을 직감했다. 지형을 따라 굽이치던 바깥 성벽과 달리, 이 성벽은 남쪽을 향해 마치 붓으로 그은 듯 곧게 뻗어 있었다. 가운데에는 커다랗고 지금까지 본 어떤 것보다도 화려한 문이 있었고 그 문으로부터 이어진 길은 아래로 쭉 뻗어 바깥쪽 성벽의 문과 이어져 있었다. 그 문이 바로 문지기 병사와 대거리했던 큰 문으로 보였다.

병사들은 화려한 문으로 가슴을 끌고 가지 않았다. 가슴이 짐작하기로도 자기 같은 평민 여자아이가 그런 문을 지나갈 수는 없을 것 같았다. 대신 왼쪽으로 돌아가니 그 끝에 물줄기가 대각선으로 흐르고 있었다. 그 성은 강물 위로 지은 성이었다. 아래쪽을 향해서는 곧게 뻗어 있던 성벽이 그 끝에 이르러서는 둥그렇게 곡선을 그리며 강물을 타넘고 있었는데, 그 시작점에 작은 쪽문이 나 있었다. 그들은 가슴을 쪽문으로 끌고 들어갔다.

그 안쪽이 바로 온초에서 가장 높은 존재, 온초를 다스리는 어라가 기거하는 왕궁이었다. 그들이 지나온 작은 물줄기는 물자를 나르는 길인 모양이었다. 병사들이 수문을 관리하고 있었고 그 안으로는 작은 배가 물건을 실어 나르고 있었다. 물길의 둑 역시 돌로 만들어져 마치 인공적으로 개울을 만든 것처럼 보이기도 했다.

궁궐 안의 건물들은 이 물길을 중심으로 배치돼 있었다. 성벽 바깥의 질서정연하게 들어선 집에 비교하면 그 안의 집들은 어디가 시작이고 어디가 끝인지 구분하기 어려울 만큼 현란했다. 하지만 결코 무작위로 배치된 것은 아니었다. 위용을 자랑하는 셀 수 없이 많은 건축물의 누각과 누각, 기와와 기와, 지붕과 지붕, 치미와 치미가 엇갈려 마치 꽃잎처럼 복잡하게 얽힌 결을 보여주었다. 눈이 닿는 곳마다 달라지고 보는 곳마다 새로웠다. 그 기묘한 박자감은 그저 여기 있는 것만으로도 행복하다는 느낌을 선사해주었다. 여기가 임금의 집이구나. 이런 곳에 사는 사람이 바로 어라로구나. 지금까지 성벽 바깥, 그 안쪽, 다시 작은 성벽 안까지 이르는 동안 매번 다르게, 매번 새롭게 놀라는 가솜이었다.

도시의 이름은 미두불이었지만 이 궁궐에는 이름이 따로 있었다. 초록꽃잎궁, 혹은 초록궁이라 불렸다. 켜켜이 겹친 초록 지붕 덕택에 붙은 이름이었다. 가솜은 그 사실은 알지 못했으나 자연스럽게 초록색 꽃 같다고 생각했다.

그렇지만 세상 물정 모르는 시골 소녀가 진정으로 몰랐던 것은 따로 있었다. 바로 옥에 갇혔다가 이 궁궐 안으로 불려 들어가는 것의 의미였다. 궁궐은 어라 한 명이 소유한 집과도 같았다. 이곳에 죄인을 끌고 간다는 말은 어라 앞에서 재판받는다는 뜻이었다. 마침내 또 하나의 문에 다다르자, 군관 하나가 그들을 맞이했다. 문이 좌우로 열릴 때 병사 하나가 외쳤다.

"죄인, 들이오!"

죄인? 그 말을 듣고도 가솜은 상황을 정확히 이해하지 못했다. 문이 열리자, 또 본 적 없는 풍경이 나타났다. 생전 처음 보는 거대한 마당이 펼쳐졌다. 병사들이 마주 보고 있는 돌길 끝에는 조금 전 사원의 탑보다는 낮지만, 좌우로 장엄하게 펼쳐진 건물이 있었다. 그 가운데에는 계단이 있고, 그 밑으로 관복 입은 신하들이 서 있었다. 그 꼭대기, 가장 높은 단위 의자에 누군가가 앉아 있었다. 황금빛 실로 수놓인 자주색 비단옷을 입고 머리에는 나뭇잎 모양 금관을, 허리에는 금빛 띠를 두른 남자였다. 물어보나마나 그는 지금 이 궁궐, 도시, 나라에서 가장 높은 사람이었다.

가솜은 그 앞에서 어깨가 눌려 무릎을 꿇었다.

"죄인은 자기 죄를 알겠느냐!"

단 위에 선 신하 하나가 외쳤다. 저렇게 크게 말할 필요가 있을까 생각하며 가솔이 대답했다.

"뭔가 오해가 있는 것 같습니다. 저는 비자불에서 온 무녀입니다. 어라께 드릴 말씀이 있었습니다."

그러자 신하들 사이에서 술렁임이 파동처럼 퍼져 갔다.

"저것이 아직도 제 잘못을 모르는구나!"

"어라에 대한 불경죄까지 받아야 하겠느냐!"

다른 신하들이 이곳저곳에서 외쳤다.

"예? 저, 저는….."

가솔은 그들의 얼굴을 돌아보았다. 굉장히 화난 얼굴이었다. 가솔은 도저히 까닭을 알 수 없었다.

"그만하라."

위에서 들린 목소리에 신하들은 일제히 입을 다물었다. 그들은 계단 위쪽으로 몸을 돌려 양손을 모으고 허리를 숙였다.

"오해라 하지 않았느냐. 보아하니 저 아이는 자기가 왜 여기 온 건지 모르는 듯하구나."

마치 찌그러진 도자기 같은 목소리였다. 오리가 말할 수 있다면 이런 목소리였을까. 목소리는 분명히 정면 그리고 대각선 위쪽에서 들려왔다. 가솔은 웃음이 터질 뻔했지만 그랬다가는 그 자리에서 목이 날아가리라는 것을 알았다. 대신 이마를 바닥에 찧듯이 엎드려 절했다.

"어, 어라의 은혜에 감읍하옵니다!"

엎드렸으니 잘 들리지 않으리라 생각한 가솔은 큰 목소리로 말했다. 적당히 아무렇게나 내뱉은 말이었다. 그런데 놀라운 일이 벌어졌다. 신하들이 일제히 그 말을 따라 외친 것이었다.

"어라의 은혜에 감읍하옵니다!"

가솔은 내심 놀랐다. 먼 훗날 알게 됐지만 이는 궁궐에서 신하들이 임금 앞에서 보이는 상투적인 의례였다. 그저 누군가가 외치면 다른 신하들이 제창하는 것으로, 별다른 의미는 없는 행위였다. 그 뜻을 알 리 없는 가솔은 고개를 들어 두리번거렸다.

"소녀는 들으라."

오리 목소리의 왕은 말했다. 가솔은 다시 재빨리

이마를 바닥에 박았다. 물론 웃음기를 숨기기 위해서였다.

"비자불에서 왔다고? 먼 시골에서 와 세상일에 무지함에도 임금 앞에서의 예법을 안다는 것은 참으로 본성이 맑고 악의가 없다는 뜻이렷다. 이야기를 먼저 들어보겠다. 비자불의 무녀는 허리를 세우고 바른 자세로 앉아 여기 온 목적을 이야기하라."

가솜은 어라의 말을 따랐다. 하지만 여전히 고개는 똑바로 들지 못했다. 그 또한 임금 앞에서의 예법에 맞는 행동이었다.

"소녀는 무녀이옵니다. 비자불에서는 무녀가 되기 위해 평생에 한 번 온 세상을 돌며 각지의 소도를 참배하고 기도를 올려 계시를 받아야 합니다. 이는 오래된 풍습이지만, 근래에는 무녀가 태어나지 않아서 세상 사람들 또한 이 풍습을 오랫동안 알지 못했다고 들었습니다.

이에, 소녀는 이 미두불의 소도에서 기도를 올리고자 하니 어라의 허락을 구하옵니다. 그리하면 또한 크라흐야 님께도 인사를 올리고 속히 이곳을 떠나도록 하겠습니다."

마지막에 크라흐야의 발음을 신경 쓰느라 말을
더 고르지 못해 아쉬웠다. 하지만 왜 여기 잡혀 왔는
지 모르는 상황에서 무엇을 더 조심해야 했는지 알
수 없는 일이었다.

가솜의 말이 끝나자마자 신하들은 다시 불같이
화를 쏟아냈다.

"그만, 그만!"

어라가 엄중히 말했다.

"보아하니 정말로 무엇이 문제인지 모르는 모양
이로구나. 마을의 전통을 지키는 네 정성은 갸륵하
다만 소도 참배는 허락할 수 없다. 그곳은 왕가의 성
지로 봉해진 지역이다."

"네? 하지만…."

가솜은 자기도 모르게 고개를 치켜들었다. 어라
는 상관하지 않고 말했다.

"그리고 정말 모르는 것 같으니 가르쳐주겠노라.
너와 너희 마을의 믿음은 지금 이 미두불에서는 이
미 잊혔다. 지금 이곳을 지켜주는 존재는 더욱 크

고 위대하신 근원적 존재 크라흐야 님이시다. 너는 지금 중대한 불경죄를 저질렀다는 혐의로 이 자리에 왔다. 바로 크라흐야 님의 권능을 넘보려 한 죄이다."

"저, 전 그런 적이…."

"대법사를 들라 하라!"

어라가 외쳤다. 그러자 왼편의 문을 통해 누군가가 등장했다. 둘둘 말려 왼쪽에서부터 허리춤으로 내려오는 옷을 입은 노인이었다. 놀랍게도 그는 머리가 매우 짧아서 흰 잡초를 이고 다니는 것처럼 보였다. 복장 역시 가솜이 처음 보는 것이었다. 오른손에는 기다란 지팡이를 쥐고 있었고 왼손에는 구슬이 이어진 고리를 들고 있었다. 그의 뒤로 비슷한 차림을 한 남자 둘이 따라붙었다. 그들 역시 머리카락이 없었는데, 아예 두피가 보일 정도로 반들반들했다.

대법사라고 불린 사람은 아무래도 앞장선 나이든 남자일 것이다. 그는 들고 있던 지팡이, 석장을 돌바닥에 소리 나게 찧으며 멈춰 섰다. 그러고는 어라를 향해 고개를 숙였다.

"신 자부리, 어라께 받들어 옵니다."

"크라흐야의 광채가 있으리라."

어라는 화답하고 다시 가슴을 두고 말했다.

"대법사 자부리는 죄인에게 어제 있었던 일을 설명하도록 하라."

어제 있었던 일. 분명히 앞서 말한 불경죄에 해당하는 일이리라. 자부리가 말했다.

"존재와 현상의 근원이자 만고에 빛을 비추시는 위대한 크라흐야 님의 사원은 삿되고 사악한 기운을 막고자 빛의 권능을 사원에 항상 두르고 있습니다. 이 권능은 선한 사람에게는 아무 영향을 끼치지 않으나, 사악한 마음을 품은 자 혹은 사악한 힘에 의탁하는 자는 이 힘에 의해 쫓겨나게 돼 있습니다.

허나, 우리는 광명의 가르침을 전하는 자들로서 삿된 기운을 물리침에도 과도하지 않게 다만 마음에 혼란함을 느끼고 주저할 만큼의 위력만 가하도록 하고 있습니다. 그런데 저자는 경내에 발을 딛음과 동시에 여러 사람과 부딪혀 다치게 할 정도로 날아가버리고 말았습니다. 그럼에도 정작 본인은 터럭 하나 해 입지 않았습니다.

승려들이 조사해본 바, 저자의 소지품 중에 부정함의 표식을 지닌 것들이 발견되었습니다. 그 힘의 근원을 알 수 없고 목적을 알 수 없으니 불경함의 죄를 물어 엄히 다스려야 할 것으로 사료되옵니다."

어렴풋이 짐작하던 대로였다. 수도에서 받아들인 새로운 하늘님은 오래된 기존의 믿음을 적대시하고 있었다. 이 각각의 믿음을 일컬어 '종'이라고 부르고 각각의 가르침을 '교'라 부르며, 각자가 믿는 대상을 '신'이라 부른다는 사실 또한 훗날 알게 되었다. 비로소 어제 받은 충격의 의미를 알 수 있었다. 영력과 상극인 또 다른 힘과의 충돌로 인해 발생한 것이었다.

그렇지만 가솜은 여전히 하늘의 신령함은 한가지 길로 통한다고 생각했다. 어떻게 하늘이 두 개일 수 있을까. 분명히 각 지방에서 전해지는 방법이 다르고 그 힘이 작용하는 원리는 다를 것이다. 마치 비자불 각 마을의 수호령이 다른 것처럼. 그러나 이들은 그렇게 생각하지 않는 듯했다.

"오호라. 두 사람의 말이 서로 어긋나지 않는구나. 저자는 스스로 사교도를 자처하며 왕령으로 금한 성지에 들기를 청했다. 불경죄가 인정되므로 저자를 다시 하옥하라. 판결은 내일 내리겠다."

어라가 말했다.

"하오나!"

가솜이 외쳤다. 항변하려 했으나 어라의 앞에서 반론은 허락되지 않았다. 가솜은 다시 그 눅눅하고 냄새나는 옥으로 되돌아갔다.

세계수

살로만은 미두불을 떠올렸다. 서쪽에 있는 도시였다. 처음 동맹군이 이곳에 방문했을 때 이미 미두불은 쇠퇴하고 있었다. 바리냐의 침략으로 한 차례 황폐해지고 교역도 끊겼다는 말을 옛 시절 한탄하는 듯한 어조로 늘어놓는 노인을 만난 적 있었다. 과거 번성하던 시절이 불과 몇십 년 전이었고, 그 시절을 기억하는 사람이 아직 살아 있었다.

"그런데 미두불은 여행의 첫 관문 아니었습니까? 여행의 끝에 무언가를 깨닫게 되었다고 하면 무사히 그 위기에서 벗어났다는 뜻이겠지요?"

빗싸 살로만은 나이 든 무녀에게 물었다.

"그렇습니다. 그런데 지금 이 이야기를 길게 한 이유는 이 모험의 초입에서 겪은 제 의식의 변화 단

80

계를 알려드리기 위함입니다. 이 사건 자체는 그리 중요하지 않습니다."

"그 말은 설마 그 뒤의 일은 말씀해주시지 않겠다는 뜻인가요?"

"후후. 간단히 이야기해드리리다. 하지만 먼저 시간과 인과를 조금 건너뛰어야 할 것 같군요."

이을리 가솜은 먼바다로 시선을 향한 채 이야기했다.

"내가 아는 하늘님, 내가 아는 영법과 신통력이 세상 이치의 전부가 아님을 저는 너무 일찍 깨닫고 말았습니다. 그날 밤 감옥 안에서 가만히 생각했지요. 하늘이란 무엇일까. 태초부터 존재하고 이 땅에 곡식과 제도를 내려준 하늘님은 몇 분일까. 비자불의 하늘님과 크라흐야 님은 다른 분일까. 만일 다른 분이라면 이 세상은 섬기는 존재들에 따라 조각나 있는 게 아닐까. 만일 같은 분이라면 어째서 종파 간 갈등이 생기고 충돌하는가.

많은 모험을 겪었습니다. 앞서 말했듯 바다를 건너다 표류해 아주 먼 곳까지 가버리기도 했죠. 하지만 결국 저는 순례길의 마지막 목적지인 신단수에 다다랐습니다.

신단수는 바리냐의 영토에 있었습니다. 그곳은 여행을 떠나기 전부터 위험한 곳이라고 단단히 새김 받았던 곳입니다. 그곳 사람들은 거칠고 호전적이라고 들었습니다. 성질이 급해 말을 타고 다니며, 비옥하지 못한 땅의 기운을 타고나 늘 남의 땅을 침략한다고 알려져 있었습니다.

그런데 만일 제가 정상적인 경로로 그곳에 다다랐다면 아마 그때와 같은 감정을 느끼진 못했을 것입니다. 전 이미 먼 서쪽의 누마르에서부터 대국인 슈호크를 지나 북방 유목민들의 땅까지 보고 왔습니다. 그들의 모습, 말, 그리고 종교의 다름은 온초와 바리냐의 차이보다도 컸습니다.

그 길 위에서 알게 된 사실이, 크라흐야 신앙은 제가 가본 곳보다도 훨씬 더 서쪽으로 가야 하는 나라에서 온 거라 하더군요. 혹자는 그곳이 바로 극락이라고도 하지만, 더 알아본 바로는 그곳도 또한 사람이 사는 곳이고 온초는 물론 바리냐에서도 많은 승려가 경전을 구하러 갔었다고 합니다. 세상은 넓고 경계를 넘어가면 또 그 바깥에 무언가가 있다는 것을 저는 아주 어린 나이에 배우게 되었습니다.

신단수. 그것은 우리나라 사람들의 뿌리와도 같은 존재입니다. 어째서 남쪽 나라인 비자불이 신단수 신앙을 이어가고 순례까지 하게 된 건지는 모르겠습니다. 아마도 기억되지 못한 역사가 있었겠지요. 그것은 이루 말할 수 없을 정도로 큰 나무였습니다. 그 어떤 사람이 지은 성보다도 크고 나이 든 산에도 비길 수 있을 만한 나무였습니다. 그것을 그쪽 세계에서 뭐라고 부르는지 아십니까?"

"세계수…."

갑작스레 던져진 질문에 살로만은 나직하니 답했다.

"네. 지금까지 무얼 말하고 있었는지 아시는군요. 그대들이 몰고 온 전쟁으로 인해 파괴된 그 나무를 말하는 것입니다. 물론 그대들의 군은 나무를 지키려고 노력했다는 것을 압니다. 그렇지만 그 나무는 이 전쟁의 주요 목표였겠지요. 제국의 계획적인 파괴 공작을 그대들은 막아내지 못했습니다. 나무는 불타버렸고 갈라져 쓰러졌으며 이 땅의 영기는 크게 꺾이고 말았습니다."

"미안합니다."

"그대가 사과할 일은 아니지요. 그대는 그 군으로부터 도망친 존재 아닙니까."

살로만은 아무런 말도 하지 못했다.

"본래 소도에서 올리는 기도 내용은 정해져 있었습니다. 마을의 안녕을 바라고 여행을 무사히 끝마치고 돌아가 어엿하게 무녀의 임무를 다하길 기원해야 하죠. 그렇지만 저는 그때 많은 의문을 품은 상태였습니다. 그래서 가장 신령하고 영기 또한 가장 강한 그 나무 앞에서 저는 개인적인 기도를 올릴 수밖에 없었습니다.

저는 간절히 바랐습니다. 제 기도는 바로 이 세계의 비밀을 알려달라는 것이었습니다. 이 세상이 얼마나 큰지 알고 싶었습니다. 너머의 너머에 또 무엇이 있는지 알고 싶었습니다.

우리가 받드는 하늘의 정체에 대해 알고 싶었습

니다. 인간 문명의 끝을 알고 싶었습니다.

하늘이 제 기도를 직접 들으신 걸까요? 청동거울이 빛나면서 떠오르기 시작했습니다. 그리고 나무의 영기가 마치 물 끓듯 들끓었으며 바람이 불어오고 대지가 공명하기 시작했습니다. 거울은 빛을 받아 줄기 어드메를 가리켰습니다. 저는 그곳으로 가보았습니다. 놀랍게도, 그곳에서는 마치 나무줄기 안쪽에서부터 불이 밝혀지듯 빛이 새어 나오고 있었습니다. 그 빛은 작은 틈을 타고 나무 위쪽까지 뻗어 있었죠. 그리고 땅에 닿아 있는 곳에서 휘황찬란하게 빛나고 있었습니다.

그곳에서 저는 보았습니다. 그것은 바로 옛 문자인 가림토로 적힌 글이었습니다. 지금은 아무도 읽을 수 없는 고대의 문자. 당연히 저도 읽을 수 없었죠. 하지만 이것은 분명히 신령한 계시. 저는 무언가 해야만 했습니다.

그때였습니다. 누군가가 저에게 다가왔습니다. 기도를 올리는 제 모습을 조금 떨어진 곳에서 지켜보던 사람이었죠. 그는 바리냐에서 온 떠돌이 학자였습니다."

가슴은 조급해졌다. 이 '계시'가 언제 끝날지 알 수 없어졌기 때문이었다. 가림토는 신성한 문자였다. 길가에 버려진 비석이나 땅속에서 발견된 청동기, 혹은 토기에서 발견되곤 하는 문자였다. 생김새는 지금 쓰는 문자와 비슷했으나 읽는 법이 완전히 달랐다. 왜냐하면 지금 쓰는 문자는 다만 가림토를 참조했을 뿐 완전히 새롭게 만들어졌기 때문이다. 지금 가림토를 읽을 줄 아는 사람은 아무도 없었다.

그렇지만 임시로 가림토를 읽는 방법은 존재했다. 지금 쓰는 문자와 모양이 비슷하고 겹치는 것도 많으므로 적당히 대응해서 읽을 수 있었다. 물론 그 소리는 엉망진창이 되고 아무 뜻도 남지 않게 되지만, 지금처럼 서둘러 기억할 필요가 있을 때는 유용한 방법이라 글을 아는 사람은 겸해서 익혀놓곤 했다.

또한 가림토는 쓰는 법도 달랐다. 지금 쓰는 달글 문자는 첫소리, 가운뎃소리, 끝소리의 조합으로 새로운 글자를 만들어낸다. 하지만 가림토는 세로로 죽 이어서 쓰게 돼 있다. 이 방법의 장점은 글자를 빠르게 쓸 수 있다는 것이었다. 가솜은 빛이 사라지기 전에 그 내용을 널찍한 바닥에 나뭇가지로 그려 놓을 수 있었다. 종이책 두 쪽 분량의 글귀가 흙바닥에 쓰이고 얼마 지나지 않아 신비로운 빛은 사라지고 신단수는 평범한 고목으로 되돌아갔다.

그때, 가솜은 인기척을 느끼고 재빨리 일어서 뒤돌았다. 한 남자가 양손을 보인 채로 천천히 다가오고 있었다. 서른쯤 돼 보이는 남자였다. 여기저기가 찢어지고 닳아빠진 허름한 옷에 삿갓을 쓰고 있었다. 가솜은 여행자가 아닐까 잠시 생각했으나 그는 삿갓 외에 걸친 것이 없었다. 여행자라면 필히 온몸에 각종 짐을 두르고 있었을 것이다. 적어도 걸어서 하룻밤이면 거처로 돌아갈 수 있는 자이리라.

"죄송합니다. 방해하려던 것은 아니었습니다."

가솜이 한 발 물러나 가만히 지팡이에 손 모으고 서 있자 남자는 자기소개를 했다.

"달장이라 하외다. 바리냐 사람이지만 정처 없이 떠돌고 있소이다. 지금은 이 산중에 오두막을 짓고 머물고 있지요."

"이을리 가솜입니다. 비자불의 무녀이지요. 신단
수에는 참배하러 오셨나요?"

"아닙니다. 사실 그대를 만나러 왔소이다."

"저를요? 저를 잡으러 오신 건가요?"

경계심이 커졌다. 지난 여행길에서의 일로 가솜
은 나름대로 이름을 알렸고 적도 많이 만났다. 바리
냐 사람이라면 적일 가능성은 적었지만 그래도 위
험한 일을 많이 겪은 터라 긴장하지 않을 수 없었다.

달장이 말했다.

"사실 저는 역사학자이오이다. 왕명을 거역해 쫓
겨나 한곳에 머물 수 없어 여기저기를 떠돌고 있지
요. 그렇지만 오히려 잘됐다고 여기고 있소이다. 덕
분에 온 세상을 떠돌며 연구할 수 있으니까요."

"왕명이라 하면…?"

"하핫, 큰 일은 아니오이다. 단지 왕의 계보를 조
작해 왕통의 신성함을 드러내라는 명이었습니다만,
사실을 밝혀 그대로 적어야 하는 역사가로서는 받
아들일 수 없었소이다."

"그렇군요…. 그렇다면 방랑하며 밝혀낼 역사란 것은 무엇인가요? 그게 저와 무슨 관계이지요?"

"하나씩 말씀드리리다. 제 관심사는 다름 아닌 사라진 고대 왕국입니다. 배달 혹은 배앗달, 밧달, 앗달이라 불리던 나라, 오직 돌 위에만 기록을 남겼고 그 흔적이 완전히 사라져버린 수수께끼의 나라, 하늘의 뜻을 받들어 세워졌다는 나라이외다."

"우리 지방에서는 앗달이라 불렀습니다. 왜 이름이 여러 개인가요? 혹시 또한 하늘님처럼 여러 갈래로 나뉜 것인가요?"

"그걸 알아내는 게 역사가의 일이지요."

달장은 나무뿌리 위에 쭈그려 앉았다. 그 자세는 영락없는 바리냐인이었다.

"이 나라에 대해서 알 수 있는 기록은 애석하게도 슈호크 쪽밖에 남지 않았소이다. 그 글자는 '배달'이지만 이는 슈호크 문자로 적혀 있죠. 전승이 끊긴 지 천 년이 지났습니다. 그 사이 국명을 정확히 부르는 법마저 잊혔고, 그래서 각지에서 부르는 방법이 다르게 전승되는 것이오이다. 말은 늘 변하는 법이니까."

"말이 변한다…."

이 또한 가솜이 생각해보지 못한 개념이었다.

"네. 현재 여러 학설이 있소이다. '배달' 자체가 원래 발음이었다는 설, 배가 아닌 옛 발음 '아래 아'를 쓴 '바달'이라는 설, '무엇무엇의'라는 뜻의 토씨 '앗'이 붙어 '배앗달'이라는 설, '배'는 단지 첫소리를 따오기 위한 것이라 '밧달'이 맞다는 설 등등. 그중 온초 지방에서 부르는 '앗달'은 직접적 기원이 명확한 편입니다. '브'발음이 탈락해서 '앗달'만 남은 것이죠. 이런 현상은 흔히 찾아볼 수 있지요."

가솜은 혼란스러워졌다. 사실 그리 어려운 개념은 아니었다. 지역마다 비슷하지만 조금씩 다르게 부르는 말은 많이 있었으니 경험적으로도 알 수 있었다. 그렇지만 지금까지 가솜은 반복해서 알고 있던 것들의 해체와 상대화를 겪어왔다. 관습도 그랬고, 예법도 그랬고, 심지어 신도 그랬고, 영법도 그랬다.

가솜은 멀리 타향을 거쳐 오느라 외국의 말도 두

루 접해봤다. 그런데 여기서 나누는 말은 같은 말이 아니었던가? 막연히 바리냐의 말과 온초의 말, 셔벌의 말은 다르지 않다고 알고 있었다. 이민족들과 우리의 말이 다른 이유는 이 두 족속이 아예 다른 부류이기 때문이라고 생각했다. 그런데 이렇게 같은 족속 내에서 말이 자꾸만 달라진다면, 완전히 다른 족속 사이의 경계 또한 의미 없는 것이 아닐까? 온초가 여러 작은 나라와 마을을 합친 것처럼, 만일 바리냐나 더 큰 슈호크가 온 세상을 집어삼킨다면 내가 지키고 있는 믿음과 문화를 고수할 근거가 사라지고 마는 게 아닐까?

달장은 말했다.

"사실 오래전부터 비자불에 가고 싶었습니다. 왜냐하면 비자불은 가장 변하지 않고 옛 왕국의 전통을 지키고 있는 곳이기 때문입니다. 하늘을 받드는 무녀의 전통, 순례의 전통, 의식, 언어, 그리고 그 청동거울까지."

가솜은 목에 건 거울을 살짝 쥐었다.

"우리의 전통이, 사라진 옛 나라의 것을 따르고

있었다는 말인가요?"

"그렇소이다. 아니, 그렇다고 생각합니다. 전통은 좀처럼 변하지 않는 법입니다. 하지만 반대로 인위적으로 만들고 새로운 전통으로 바꿔치기하기도 하죠. 온초가 지금 그러고 있고 바리냐는 조금 더 앞서 해냈지요. 먼 서역의 신을 받아들이고 대국의 제도와 예법, 글자, 이름을 수입했습니다. 심지어 그들은 왕력과 가문의 전승마저 만들어냈습니다.

지금 이 땅엔 그러지 않는 곳이 매우 드물고 비자불은 그런 곳 중 하나지요. 그 증거가 바로 여기 있잖소이까."

순례자 가솜을 말하는 것이었다. 달장은 계속 말했다.

"전 순례자가 참으로 오랜만에 다시 나타났다는 소문을 들었습니다. 무녀의 순례길은 수많은 전승을 남깁니다. 본인들은 그런 자각이 없을 수 있지만, 길게는 수십 년에 한 번 이뤄지는 순례길에는 많은 이야기가 따라다니기 마련이지요. 그 사이에 세상은 나무가 옷을 갈아입듯 바뀝니다. 국경선이 바뀌고 강물은 방향을 틀며 도시가 사라지거나 새로 생기기도 하죠. 하지만 마치 바다거북이 태어난 모래사장으로 되돌아와 알을 낳듯, 순례는 이어집니다. 그 길에는 언제나 도전과 모험이 따르는 법.

역사가로서 순례자를 만나는 건 평생 한 번 있을까 말까 하는 일이오이다. 특히 저 같은 고대 왕국 연구자한테는 말이지요. 그래서 저는 소문의 뒤를 따라다녔소이다. 무녀가 겨울이 지나고 땅이 녹기 시작할 때 여행길을 나서고 가장 먼저 미두불로 갈 것임을 알았지만 그 뒤로 어느 방향을 택할지는 알 수 없었소이다. 그래서 온 세상 소문과 떠돌이, 광대와 이야기꾼들을 죄 쫓아다녔소이다. 그러다가 엉뚱하게 그대가 서쪽 나라에 가 있다는 사실을 알게 되었죠. 전쟁의 한복판에 있었다는 사실은 꿈에도 알지 못했습니다만 이 또한 나중에 사람들의 노랫소리를 통해 알게 되었소이다.

그러다가 이런 용감하고 영웅적인 무녀라면 마침내 이 신단수에 다다를 수 있을 것임을 믿고, 시기를 가늠하여 먼저 달려와 산중에 움막 짓고 기다렸던 것이오이다.”

가솜은 고개를 끄덕였다. 그런데 가솜은 뭔가 할 말이 있는 것처럼 그대로 고개를 내리더니 우물거렸다.

“역사가라면 모든 역사를 알고 계시는 건가요?”

달장은 크게 너털웃음을 짓고는 말했다.

“그럴 리가요. 오히려 배우면 배울수록 모르는 게 너무 많다는 사실을 알게 되는걸요.”

“그렇다면, 비자불의 역사도 알고 계시나요?”

“몇 가지 전승을 수집했지요. 주로 소문이나 그곳을 다녀온 사람에게서 들은 이야기, 타지에서 찾을 수 있는 비자불 출신이 남긴 기록 등을 통해 알 수 있는 것들이외다.”

“그대는 그렇다면,”

가솜은 말했다.

“선대 무녀들의 전승을 알고 계신 건 아닌지요.”

이번에 말이 멎은 사람은 달장이었다.

“마을의 으뜸 무녀님은 팔십이 넘었습니다. 그다음 세대가 바로 저였지요. 무녀는 계시를 받아서 태어납니다. 그 계시는 하늘이 내리기에 언제 나타날지 알 수 없는 법이오나 이 간격은 너무 멀지 않나 생각하고 있었습니다. 하늘이 기어코 이 관습을 끊어버리고자 하는 게 아니라면 그렇게 오래 걸려 간신히 후계자가 태어날 리는 없다고 생각합니다.

그간 여행을 지나오며 느꼈습니다. 전 정말 위험천만한 일을 많이 겪었어요. 마을을 나서자마자 산적의 습격을 받았고 첫 소도에서도 붙잡혀 뜻을 이루지 못할 뻔한 데다 각종 요괴며 기인을 만났고 바리냐와 슈호크의 전쟁에도 휘말렸죠. 돌이켜보면 등골이 서늘해지는 순간이 한두 번이 아니었습니다.

마지막에 그대가 한 말이 신경 쓰이더라고요. 그대는 이렇게 말했습니다. 부끄러운 말을 빼고 말하자면, '이런' 무녀라면 '신단수에 다다를 것임을 믿었다'라고 하셨죠. 무녀의 순례길은 항상 신단수 앞에서 끝납니다. 그것은 정해진 일이어요. 만일 여기에 한 점 의심이 없었다면 그저 앞질러 와서 기다리고 있으면 되는 일입니다. 그런데 여기에 '이

런 무녀'라는 조건과 '믿음'이라는 행위가 필요했을
까요?

　저로서는 지난 여행과 이 말이 겹쳐 보일 수밖에
없더라고요. 그대는 알고 있던 것이죠? 현 으뜸무녀
님과 저 사이에, 결국 마을로 돌아오지 못한 다른 선
대 무녀님들에 대해서요."

　마지막 무녀는 가장 많은 전승과 노래와 이야깃
거리를 남겼다. 어느 지역이든 무녀의 전설이 전해
지지 않는 곳이 없었다. 어떤 곳에서는 예언자로, 어
떤 곳에서는 미래에 다시 찾아올 구원자로, 그리고
어떤 곳에서는 재앙을 몰고 오는 악신으로 받아들
여져 두려움의 대상으로 전해지기도 했다.

　이러한 발자취가 생긴 것은 신단수에서의 만남
이후의 일이었다. 무녀 이을리 가솜은 다시 길을 떠
났고 다시는 고향 마을로 돌아가지 않았다.

　떠돌이 역사가는 쭈그려 앉은 자세를 고쳐 일어
섰다.

　"제가 말실수를 했습니다."

"아니에요. 전 진실을 알고 싶어요. 아는 것을 모두 말해주시겠어요? 순례를 떠난 무녀님들은 어떻게 되었나요?"

가솜은 단호히, 그리고 의연히 말했다.

달장은 크게 북방 산 중턱의 차가운 공기를 들이켰다.

"순례 무녀에 대한 것은 의외로 직접적인 기록으로 많이 전해지고 있소이다. 특히 이는 온초보다는 주변 나라들에 많이 존재했죠. 신비로운 일을 일으키는 작은 소녀가 홀몸으로 천하를 떠돈다고 하면 진기하게 여겨 기록으로 남겼거든요. 저는 그러한 이야기들을 정리해 책으로 만든 적이 있소이다. 지금 직접 이야기를 듣기보다는 그 책을 보시길 권합니다. 산 아랫말에 가면 한 권 있으니 내드리리다.

그렇지만 무녀께서는 다만 그 행적을 자세히 알고 싶으신 게 아니라 그분들의 말미를 알고 싶으신 것이겠지요? 그 점은 제가 말씀드릴 수 있을 것 같군요. 또한 이는 엄숙히 전해야 하는 말이기도 하외다.

네. 애석한 일이지만, 선대 순례자들은 단 한 명도 살아서 돌아가지 못하셨습니다. 그동안 무녀가 나오지 않은 것이 아니라, 대부분의 무녀가 여행길 도중 명을 달리했지요."

살로만은 숙연함마저 느꼈다. 과연 그게 소녀의 성인식으로 겪어야 할 일인가. 이성계인으로서 살로만은 일종의 부채감을 지니고 있었다. 어떤 문명이든 지나가야 할 도정이 있다. 진보는 그저 젓가락으로 들어다 얹는다고 성취되는 것이 아니다. 사람의 인식은 점차 바뀌기 마련이고 그 과정을 강제로 부추기는 것은 누구에게나 폭력으로 다가온다. 그것은 그 사람의 세계를 부수는 일이기 때문이다. 그 점에 대한 은하적인 합의가 되어 있었고 범은하적 규약 또한 존재했다. 하지만 전쟁은 모든 합의를 유명무실하게 만들었다. 그는 자유동맹의 이번 작전이 인류에 대한 범죄라고 생각했다.

"그…. 나무에서 알아낸 것은 무엇입니까? 그것이 그 뒤의 갈 길에 영향을 끼쳤습니까?"

살로만은 나직하게 물었다.

"알고 계시지요? 지금까지의 이야기에서 나온 가림토란 다름 아닌 은하 표준 문자라는 것을."

살로만은 다시 숨을 멈추고야 말았다.

"그것까지 알아내신 겁니까?"

바람이 불어와 대답을 대신해주었다.

다시 한 차례 폭발음이 지나가고 가슴은 말했다.

"이제 이 이야기의 끝에 도달했군요. 사라진 고대 왕국 앗달도, 신단수도 사실은 수엣샤들이 세운 것이었죠. 이곳에서 무엇을 한 것인지는 모르겠지만, 그들은 일찍이 이 땅에 내려와 있음직한, 그렇지만 당대보다 조금 앞서 나간 문명을 만들었다가 돌연 철수했습니다. 그게 사라진 고대 왕국의 실체입니다.

신단수는 그들이 남기고 간 유적입니다. 이것이 무엇일까 오래 연구했습니다. 그리고 알게 됐죠. 이건 일종의 저장장치였습니다. 비유하자면 신단수는 커다란 도서관이었던 셈이지요. 물론 저는 자세한 원리는 알지 못합니다. 하지만 영력을 통해 저는 나무가 품은 비밀에 접근할 수 있었습니다. 우리 마을에 전해지던 청동거울의 글귀는 다름 아닌 그 문을 여는 거침말이었습니다. 그때 나무가 알려준 문구는 계시 같은 게 아니었습니다. 그저 그 안의 정보를 읽는 방법 같은 것이었죠.

저는 신단수 참배 이후로 무녀의 일을 포기했습니다. 물론 이 또한 간략히 요약해 들려드리겠습니다. 저는 처음에는 의무대로 마을로 돌아가려 했으나 또 여러 가지 일을 겪게 되었죠. 하지만 도망가고자 하는 마음은 이미 싹트고 있었습니다. 달장이 많은 도움을 줬습니다. 그 또한 제 덕분에 연구를 마칠 수 있었고요. 나무가 알려준 가림토 문장, 그리고 청동거울의 문장이 마침내 열쇠가 되었습니다. 그간의 연구의 결실이 두 단서를 통해 맺어졌어요. 그는 가림토를 해독한 첫 번째 사람이 되었습니다."

"아직 이해가 안 됩니다! 영력은 도대체 무엇입니까? 네. 말씀하신 것이 맞습니다. 세계수는, 맞습니다. 어떤 이성계인들이 세운 데이터베이스입니다. 하지만 그들 또한 어떻게 그런 신기한 힘을 알았겠습니까? 우주 어디서도 어르신이 묘사한 것과 같은 신이한 마술을 본 적이 없습니다. 이건 몇몇 종족이 쓸 수 있는 초능력과도 다릅니다. 이곳 사람들도 모두 쓸 수 있는 것이 아니니까요."

가솜은 인자하게 웃으며 말했다.

"말씀드린 그대로입니다. 하늘의 힘이고 온 만물에 깃든 자연의 힘입니다. 우린 이를 영기라고 부르고, 이를 끌어낸 것을 영력이라 부릅니다. 당신들의 조상은 물론 이 힘을 알지 못했을 것입니다. 그렇지만 세계수는 이 땅의 것입니다. 오래된 것들에는 자연스레 신령한 힘이 깃들지요. 그래서 세계수는 신단수가 되어, 신령한 힘을 통해 소통할 수 있는 존재가 되어 지금까지 이 땅을 지키고 있었을 겁니다. 그대들이 파괴하기 이전까지는요."

이 시점에서 가솜은 자신이 빼먹고 들려주지 않은 일을 떠올렸다. 순례 여행의 첫 장, 온초의 어라에게 붙잡혀 신문을 당하던 바로 그때의 일이었다.

여우의 조언

옥에서 보내는 두 번째 밤이었다.

첫 번째 밤은 피곤하기도 했고, 막연히 오해가 풀리면 괜찮아질 거라고 순진하게 생각했기에 그리 서럽진 않았다. 그런데 오늘 밤은 달랐다. 억울하다는 마음보다 낯선 세상에 혼자 버려졌다는 텅 빈 감각, 한 번도 느껴본 적 없던 공동체로부터 떨어져 나와 있다는 감각 때문에 잠을 이룰 수 없었다. 사실 지난 며칠의 여행길 내내 느끼고 있었지만 애써 감내하다가 비로소 한 번에 쏟아져 나오는 감각이었다. 가슴은 펑펑 울었다.

몇 시간을 울었을까. 우는 것도 지치는 일이라는 것을 깨닫고 부스스 일어나니 하얀 달빛이 창을 통해 내려오고 있었다. 바깥을 볼 수 있는 곳은 벽 위쪽으로 작게 난 창뿐이었다. 쥐나 작은 새 정도나 드나들 수 있는 크기의 창이었다.

"무녀를 만날 수 있다니, 조금 놀랐어."

목소리가 들려오자 가솜은 깜짝 놀라 두리번거렸다. 병사의 목소리는 아닌 것 같았다. 아직 변성기를 지나지 않은 남자아이의 목소리였으니까.

"여기야, 여기."

다시 소리가 들려왔다. 바로 달빛이 들어오는 쪽 창 쪽이었다. 조그마한 그림자가 솟아 있었다. 가솜은 그게 누구인지 알아볼 수 없었다. 머리로 보이는 그것은 사람이라기엔 너무 작은 데다 귀가 짐승처럼 뾰족했다.

"아깐 미안했어. 사람들 앞에서 난 평범한 임금님인 척해야 했거든."

어둠 속 눈이 밝아지면서 마침내 창밖으로 솟은 머리의 정체를 알 수 있게 되었다. 그것은 다름 아닌 여우였다!

가솜은 여우가 말을 해서 깜짝 놀랐지만 내색하지는 않기로 했다. 혹여나 실례가 될 수 있었기 때문이었다.

"임금님인 척이라니? 그게 무슨 말이야?"

대신 가솜은 더 중요한 부분을 물었다.

"헤헷. 사실 아까 재판소에 있던 어라가 바로 나야. 진짜 어라는 예전에 바리냐의 사냥꾼을 쫓다가 죽었지. 그게 바로 기회라고 생각했어. 나야는 어라의 간을 몰래 훔쳐 먹고 어라로 둔갑해서 지금까지 들키지 않고 살고 있어.

아, 꼭 간을 먹어야 하는 건 아니야. 그런데 버리면 아깝잖아? 사람들은 임금이 죽으면 그냥 땅에 묻어버리더라고."

"둔갑하는 여우…. 매구로구나!"

"사람들은 그렇게 부르더라고."

"그런데 정말로 내게 죄가 있다고 생각하는 거야?"

"아니야, 어쩔 수 없었어. 크라흐야 님의 권능을 빌리지 않고선 죽은 임금이 살아나는 걸 설명할 수 없었으니까. 그래서 이쪽 사람들의 말에 힘이 생겨났고 어라도 그걸 더 열심히 밀 수밖에 없었어."

"그렇구나. 매구의 힘은 크라흐야 님과 충돌하지 않아?"

가솜은 사원에서의 충돌을 떠올리며 물었다. 순전히 여우를 걱정해서 하는 말이었다.

"넌 인간이니까 잘 모르겠구나. 우린 그 자체로 영험한 존재들이야. 굳이 따지자면 크라흐야 님과 나는 거의 같은 존재지. 다만 생성 이후가 다를 뿐이지."

"생성 이후?"

"응. 우리 둘 다 오랜 수행을 통해 만들어진 존재야. 이후 크라흐야 님은 사람들에게 믿음을 부여했고 으뜸가는 신령한 존재가 됐어. 그런데 난 달라. 짐승의 모습을 극복할 수 있게 됐지만 아무도 나를 섬기지 않아. 그래서야. 난 언젠가 사라지고 말 거야. 영적 존재로 있으려면 수행보다 더 큰 크기의 믿음이 필요해."

"넌 어라의 모습을 할 수 있잖아. 어라의 명령으로 여우를 받들라고 하면 안 돼?"

"그게 힘들어. 아까 말했잖아. 난 사람들의 크라

흐야 님에 대한 믿음을 지탱하는 임금이야. 사람들은 크라흐야 님 덕분에 내가 살아났다고 믿으니까. 여기에 위반하는 명령을 내릴 순 없어. 그러면 사람들의 마음도 떠나갈 거야."

"그렇구나."

"그에 비해 크라흐야 님을 받드는 신도들은 이 지역에 원래 있던 믿음을 미워하고 있어. 그래서 그들이 쓰는 영법이 네가 쓰는 영법과 충돌하는 거야. 너와 같은 힘을 가진 자를 막으려고 결계를 친 거지. 난 사람들의 믿음과 무관하게 존재하니 괜찮고. 일단 지금은 말이야."

"어렵네. 아직 잘 모르겠어. 그렇지만 난 우선 소도에 가야 해. 거기서 기도를 올리지 않으면 난 마을로 돌아갈 수 없어. 혹시 도와줄 수 있겠어?"

"물론이지! 그러려고 찾아온 거야. 이거 받아."

여우는 벽에서 뛰어내리더니 다시 나타났을 때는 입에 무언가를 물고 있었다. 휙 날아오는 것을 받고 보니 그것은 다름 아닌 청동거울이었다!

"그게 있으면 영법을 조금 쓸 수 있지? 하지만 조

심하는 게 좋아. 힘의 흐름을 눈 부릅뜨고 감시하는 사람이 있으니까."

"고마워!"

청동거울에는 영기가 깃들어 있어서 지금처럼 전혀 운용할 수 있는 영력이 없는 상황에서도 영법을 쓸 수 있었다. 가솜은 어떤 영법을 쓸지 잠시 고민하다가 창문 아래쪽 벽을 허물기로 했다. 부식의 영법을 써 나무를 빠르게 썩어 들어가게 했다. 이미 건물이 낡고 또 각종 균에 오염돼 있어 그 효과는 빠르고 조용했다. 가솜은 벽을 손으로 잡아 뜯어 달빛이 내려오는 뒷마당으로 나갈 수 있었다. 옥사는 마치 성처럼 높은 담으로 둘러싸여 있었다.

여우는 앉아서 꼬리를 흔들고 있었다.

"여기 지팡이와 다른 짐도 있어. 그리고 갈아입을 옷도 준비해 뒀어. 강을 건너고 나서 갈아입는 게 좋을 거야."

"정말 고마워. 이 은혜를 어떻게 갚아야 하지?"

"은혜랄 것은 없지. 넌 부당하게 갇힌 셈이니까. 하지만 별개로 부탁할 게 있어. 사실 부탁도 아니지만. 부탁이지만 부탁은 아니지."

"어떤 부탁이라도 들어줄게!"

"그게 뭐냐 하면, 바로 네가 바라는 일이거든. 소도에 가 기도를 해줘. 그러니까 이건 부탁이지만 부탁도 아닌 셈이지."

"소도에?"

"응. 내가 길을 알아. 들키지 않는 길로 안내할게. 지금부터 날 잘 따라와야 해, 병사는 내가 유인할게."

하며, 여우는 깡총거리며 앞장서기 시작했다.

일단 옥사를 빠져나가는 게 먼저였다. 병사 하나가 담장 문을 지키고 있었다. 여우는 쪼르르 달려가 그 앞에 서더니 폴짝하고 재주를 넘어 눈길을 끌었다. 따분해하던 병사는 시선을 빼앗겼고, 여우가 달려간 골목으로 몇 발짝 자리를 옮겼다. 그 사이, 가솜은 재빨리 문밖으로 나갈 수 있었다.

여우는 담장 밑으로, 지붕 위로 빠르게 달렸다. 그러면서 가솜이 잘 따라오는지 중간중간 멈춰 뒤를 돌아보곤 했다. 가솜은 한밤에 순찰하는 병사들 눈을 피해 골목 사이로 달렸다. 그들이 다다른 곳은 보수 중인 성벽 구간이었다. 공사 중이었기에 그 아래 굴 하나가 있더라도 쉽게 들키지 않았던 것이었다. 여우는 먼저 굴로 들어가는 시범을 보였고, 가솜은 조금 좁은 그 틈을 비집고 들어가 마침내 성벽 바깥으로 나갈 수 있었다.

성 밖 마을의 감시는 훨씬 느슨했다. 밤중임에도 떠들썩하게 돌아다니는 사람들이 있었고, 주점도 성업 중이었다. 하지만 여우는 지붕과 담장 위로만 다녔고, 바닥에 발을 붙이고 사는 사람들은 머리 위를 신경 쓰지 않았다. 어쩌면 아랫사람은 땅을 보며 살고, 높은 사람은 단 위에 올라 사는 것이 사람 세상의 규칙이고, 그 규칙이 만든 습관 탓인지도 모른다고 가솜은 생각했다.

그렇게 그들은 숲으로 빠져나갔다. 강을 헤엄쳐 건너 몸을 씻은 뒤 옷을 갈아입고, 금지된 검은산으로 들어갔다. 왕명으로 접근이 금지된 그곳은 지키는 사람도 없었다. 만일 위치를 알았다면 도시로 들어가지 말고 몰래 혼자 들어와 기도하고 슬그머니 사라졌어도 괜찮았을 것 같았다. 검은산은 말 그대로 시커먼 산이었다. 전나무와 잎갈나무가 빽빽하게 자라 있어 달빛도 새어 들어오지 않을 만큼 어두웠다. 마치 사람의 접근을 허하지 않는 것 같은 산세였다. 여우는 이곳에서도 거침없이 앞질러 갔다. 몸에는 희미한 푸른빛을 두른 채였다. 여우가 발을 디딘 곳마다 발자국 모양의 빛이 잠시 머물렀다 사라졌다. 가솜은 여우의 빛을 쫓고 발자국을 지침 삼아 한 발짝 한 발짝 낯선 산길을 올랐다.

드디어 그들은 옛 신당에 도착했다. 높은 솟대가 그곳이 소도임을 알려주었다. 아쉽게도 어두워서 솟대 위 장식은 볼 수 없었지만, 중요한 것은 안에 있었다. 돌로 얼기설기 쌓은 작은 굴방 안으로 들어가니 턱 높이 정도의 작은 집이 있었다. 바로 신령을 모신 신당이었다. 작은 모형 집이어서 문이나 지붕 따위가 제대로 만들어지지는 않아 그 안에 누구를 모셨는지 이내 볼 수 있었다. 가솜은 지팡이 끝에 빛을 붙였다.

마침내 드러난 첫 번째 소도의 신령은 다름 아닌 여우였다. 돌로 깎은 여우 신상이 세월의 흔적을 고스란히 담은 채 모셔져 있었다.

"그랬구나. 너는 여우 신령님이었구나."

"그랬던 것 같아. 사실 잘 기억은 안 나. 너무 오래전 일이고 이젠 아무도 여우를 섬기지 않으니까."

"여기서 사람들이 마지막으로 기도를 올린 게 언제야?"

"십 년도 더 됐을걸?"

"내가 여기서 기도하면 넌 더 살 수 있는 거야?"

"아마 그럴 거야. 하지만 정확히는 모르겠어. 이런 선 곡식 가마니 헤아리듯 정확하게 셀 수 있는 게 아니거든. 그렇지만 오랫동안 보고 싶었어. 순례 무녀의 기도를 말이야."

드디어 실력을 보여줄 때가 되었다. 가솜은 옷매무새를 가다듬고 엉망진창인 머리를 만졌다. 본래 기도를 올릴 때는 하루 전부터 몸을 씻고 단정한 차림새와 경건한 마음으로 준비해야 하지만, 순례길 도중에는 상황에 따라 감안될 수 있었다. 정 급하면 정중히 인사만 하고 와도 된다고 들었다.

그렇지만 가솜은 될 수 있는 한 예를 다하고 싶었다. 가솜은 소중히 간직해온 비파를 꺼냈다. 본래 제사에는 음악과 춤이 동원된다. 가솜이 늘 지니고 다니는 비파가 그 절차를 간단하게 해줄 수 있었다.

"신님이 직접 보고 있다고 생각한 적은 없는데, 바로 옆에 있으니 좀 부끄럽네."

그렇게 말하며 가솜은 연주를 시작했다. 비자불에서 전해 내려오는 음률이었다. 비자불의 제사는 늘 흥겨웠다. 여러 사람이 무리 지어 노래를 부르며 손뼉 치고 어깨를 맞대어 춤을 추었다. 가솜의 비파에는 그러한 고향 마을의 흥이 담겨 있었다. 조금 성급한 듯하면서 한 음 한 음 조심스럽고 또 흥겨움을 잃지 않는 곡조가 다섯 현을 짚은 왼손, 술대를 쥔 오른손 사이에서 유려하게 펼쳐졌다.

그밖에 다른 의식은 필요 없었다. 이 곡조 자체가 기도였고 의식이었다. 각 음에는 영기가 담겨 있었고 음의 조합은 영법을 쓰는 공식과도 같았다. 노래를 들은 여우는 기뻐서 깡충대며 주위를 뛰어다녔다. 여우의 신상에서도 희미한 빛이 나와 굴 안을 밝혀주었다. 가솜은 마침내 움직이기 시작했다. 여우와 발맞춰, 자신의 연주에 맞춰서 여우의 뒤를 따라 가볍게 돋움 발질을 하며 신상 주위를 돌았다. 실로 오랜만에 소도가 밝혀졌다. 검은산은 더 이상 검은 산이 아니었다. 산이 노래하고 있었다. 산에 거처하는 모든 생물이 온 우주와 함께 춤추고 있었다.

의식을 마치자, 가솜은 지쳐 주저앉았다. 마음속 깊숙한 곳에서 힘이 솟아나고 너무 기뻐서 더 뛰놀고 싶었으나, 그간 육체적으로 너무 소진돼 있었다. 뭔가를 먹지 않은 지도 꼬박 하루가 지났다.

"고마워. 난 이런 행복한 기도를 처음 받아봐. 앞으로 내 영기가 남아 있는 동안 계속 너를 추억하고 축복할 거야."

여우가 머리맡에 앉아서 가솜의 이마를 핥아주며 말했다.

"나도 이렇게 신령님과 직접 뛰어놀 수 있어서 좋았어."

가솜은 누운 채로 턱을 치켜올리며 배시시 웃
었다.

"이제 어디로 갈 거야?"

"소도는 여기저기에 있어. 옛 나라에서 남긴 거라
얼마나 있는지도 몰라. 이곳처럼 안 쓰이는 곳도 있
고 여전히 사람들이 다니는 곳도 있대. 그런데 내가
가야 할 곳은 모두 다섯 곳이야. 그중 하나는 북쪽에
있는 커다란 신단수래."

"그럼 말이야."

여우는 말했다.

"너의 여행길에 한 가지 목적을 더해보는 게 어
때? 세상에는 잊혀가는 게 너무 많아. 마치 나처럼
말이야. 그중에는 노래도 있어. 노래는 우리와 같아.
불리지 않으면 사라지고 들리지 않으면 그게 있었
는지도 모르게 되지. 비파를 짊어지고 세상을 떠도
는 사람은 그리 많지 않아. 이 나라 저 나라 곳곳을
찾아다니는 사람도 많지 않지. 너 같은 사람이 흔하
지 않다는 말이야. 그래서 제안하는 거야. 각지에 남
은 옛 노래를 수집해줘. 마치 옛 신령들을 되살리듯

이, 노래를 되살리고 기억해줘."

그 제안은 가솜에게도 솔깃하게 들렸다. 물론 이는 세상이 얼마나 넓은지 알지 못한 채 한 말이었다. 실제로 가솜은 처음에는 두 가지 일을 모두 해치울 여력이 되지 않았다. 게다가 이 여행은 앞으로 전혀 예상하지 못한 쪽으로 흘러가게 된다.

그렇지만 이는 가솜에게 또 다른 꿈이 되어 여행길 내내 가솜 한구석에 보관돼 있었다. 그리고 마침내 자신의 길에서 벗어나기를 택했을 때, 이는 가솜의 새로운 목표가 되었다.

마지막 무녀의 이름은 지역에 따라 전승에 따라 여러 가지로 전해진다. 그중 하나가 바로 노래하는 마녀였다.

수다흐

살로만은 여전히 혼란스러웠다. 통일된 힘의 이론은 곧 물리학을 의미했다. 행성마다 질량, 물질, 대기, 자기장 등이 다를 수는 있었지만, 우주를 구성하는 기본 힘, 중력, 핵력, 전자기력 등이 다를 리 없었다. 그렇지만 가솜이 묘사하는 신비한 힘들을 당장 어떻게 물리학으로 설명할 수 있을지 직관적으로 이해할 수 없었다.

어쩌면, 살로만은 은밀히 생각했다. 어쩌면 이 모든 이야기가 지어낸 것은 아닐까?

눈앞의 이 노인이 하는 말이 전부 사실이라는 보장은 없었다. 특히 이런 계몽되지 못한 문명을 지닌 행성 사람들은 흔히 전승과 사실을 구분하지 못한다. 이런 문명에서는 상징 관계를 사실 관계로 착각

하는 특징이 있다는 점을 행성사회학 기초 시간에 배운다. 그들은 명백히 지어낸 말이라 하더라도, 설령 그것이 자신의 실제 관찰과 어긋나더라도 그래야 할 이유가 있다면 믿는다. 주술사는 자기 주술이 효과 없다는 것을 목격하더라도 주술의 사회적 필요성 때문에 그것을 믿는다. 이는 단지 열등한 사람들이라는 의미가 아니라, 계몽되지 못한 문명 나름의 합리성이다. 따라서 섣불리 그들에게 진실을 가르쳐주면 안 된다는 것은 현장 요원들이 귀에 못이 박히도록 교육받는 사항이다.

"광산 마을의 화가시여, 이제 그대 이야기를 마저 해보시지요."

가솜은 말했다.

어찌 됐든, 살로만의 질문은 가솜이 어떻게 이 행성 외적 지식을 알고 있었는가였고 이에 대한 대답은 충분했다. 그런데 살로만은 '마저'의 의미를 알 수 없었다. 그는 딱히 의식해서 감춘 것이 없었기 때문이었다.

살로만이 의아한 듯 돌아보자 가솜은 말했다.

"아직 설명이 부족하지 않습니까? 그대가 탈영한 이유를 물었습니다만 거기에 대한 직답은 하시되, 어쩌면 그보다 더 중요할지도 모르는 부분은 일컫지 않으셨잖습니까.

바로 왜 하필 '이 땅에서' 탈영했는지 말입니다."

"음."

거짓을 말한 건 아니었다. 하지만 살로만은 은연중에 질문의 결을 나누고 있었다. 그것은 분명히 답하기를 꺼리는 마음에서였다.

"이 땅에 하늘의 전란이 내려왔고, 그것이 몹시도 위태로운 일이라는 것은 이제 산골에 숨어 지내는 백면서생도 아는 일입니다. 무사히 도망칠 기회를 찾기도 힘들고 하늘에서 떨어지는 전란의 파편을 피해 다니기도 어려울 터인데 군이 이곳을 택한 것은 이해하기 어려운 일입니다. 필히 다른 속내가 있을 터. 그 이야기를 해주시겠습니까?"

살로만은 다시 바닥에 엉덩이를 깔고 앉아, 잠시 바다 쪽을 멍하니 응시했다.

"어려울 것 없는 일입니다. 하지만 이게 진지한

이유라고는 생각하지 말아주십시오."

"진지한 이유가 아닌데 법을 어긴 건가요?"

"심경이 복잡합니다. 저도 제가 왜 그런 건지 모르겠습니다. 사람은 뚜렷한 확신이 서거나 성과가 분명히 보장되어야만 행동하지 않습니다. 때로는 아주 막연한 바람과 소망이 나 자신을 규정하게 되는 경우가 있습니다. 이게 그런 경우라고 생각합니다."

그는 시작의 운을 길게 늘였다.

"우주의 떠돌이 사이에는 소문이 있었습니다. 저는 그 소문을 어릴 적부터 들었고 꿈을 키워 왔죠. 수다흐. 들어보셨습니까?"

가솜은 대답이 없었다. 가솜을 등지고 앉아 있는 살로만은 기다리지 않고 말을 이었다.

"은하가 얼마나 큰지, 여기에 얼마나 많은 행성과 생태계와 문명이 있는지, 짐작하실지 모르겠습니다. 다만 이는 직접 발을 딛어보지 않으면 진정으로 깨닫지 못한다고 감히 말씀드립니다. 저 또한 각종 은하를 누비는 모험담을 읽으며 자랐지만 직접 바깥으로 나가보기 전에는 그 크기를 실감하지 못했습니다.

이 무수한 행성 중에는 인공적으로 개척된 곳도 있고 여기 아사트 탈리냐처럼 자연적으로 문명이 발달한 곳도 있습니다. 중요한 것은 각각의 환경이 다르고 각자가 생각하는 방식이 다르다는 점이지요. 그런데 지금 우주는 통일된 도량형과 역법을 쓰고 있습니다.

이런 식입니다. 우리 행성은 독자적으로 1년을 세는 법이 있습니다. 당연히 이는 행성의 공전 주기를 따랐지요. 그런데 이 공전 주기는 표준 역법에 따르면 1.43년입니다. 우리에겐 우리의 나이 세는 법이 있지만 우주로 나오면 표준 나이 계산법을 따라야 합니다. 그래서 우리는 고향보다 우주에서 나이가 더 많지요.

거리 단위도 마찬가지입니다. 우리에겐 성인이 양팔 벌린 길이를 단위의 기본으로 삼습니다. 먼 옛날 서로의 팔 길이를 잣대 삼아 갱도를 재던 것에서 유래했죠. 하지만 우주에서는 표준 미터법을 쓰니다. 대략 우리의 한 단위는 1.5미터 정도입니다.

아마 이곳도 마찬가지일 겁니다. 이곳에도 척이나 리 같은 말이 있는 것으로 압니다만 동맹군은 행정상 미터법을 쓰겠지요. 관련 업무를 안 해봤지만….”

“확실히 그게 편하겠지요. 우리도 그런 문제를 겪습니다. 도량 단위가 다르면 아무래도 불편하니까 한 나라가 멸망하거나 하면 강제로 고치게 되지요.”

그건 경험에서 우러나오는 말이었다.

“네…. 사실 이건 제국에서 시작한 일이었습니다. 제국이 확장할 때 내세운 몇 가지 명분 중 하나이기도 했습니다. 단위의 통일 말입니다. 그런데 동맹군 쪽에서는 어떻게 했는지 아십니까? 오히려 제국이 내세운 단위 체계를 받아들였습니다. 그 명분을 무마하기 위해서였죠. 그 바람에 은하 표준 단위가 쉽게 정해졌고 제국과 자유동맹 사이에 최초의 협정이 맺어졌습니다. 양측은 그 기구를 발판으로 장차 다른 협정으로 나아가자고 합의했지만, 이뤄진 건 그것 하나뿐이었죠.”

"그건 조금 진기한 이야기로군요. 우리 역사를 돌아보아도 그런 경우와 비슷한 일은 본 적 없습니다. 단위를 양측이 다 중요하지 않게 여긴 건가요?"

"그건 아닙니다. 외교란 게 트집 잡고자 하면 상대의 반려동물 족보에도 문제 삼을 수 있는 법이니까요. 다만, 은하에 수다흐 전승이 널리 퍼져 있었기 때문에 받아들일 수 있는 사람이 많았던 것뿐이지요."

살로만이 말을 쉬었지만, 가솜은 말을 건네받지 않았다. 계속 이어 말을 마쳐보라는 듯이.

"당연히 우주에도 전승이 있습니다. 사람들은 늘 이야깃거리를 찾아다니니까요. 종교가 공식적으로 철폐된 곳에서도 마치 잡초 돋아나듯이 새로운 이야기와 새로운 신화가 생겨납니다. 이야기는 인간의 본성이니까요.

수다흐 전승은 종교까지는 아닙니다. 하지만 많은 사람이 수다흐 전승을 믿고 있습니다. 그곳은 바로, 인류가 발원했다고 알려진 곳입니다. 먼 옛날, 우주가 지금보다 훨씬 좁았을 무렵 발생한 첫 번째 문명 행성. 그게 수다흐입니다. 전승에 따르면 여기서 비롯된 문명이 우주 각지로 퍼져나가 지금과 같은 세상이 만들어졌죠. 그것은 마치, 네. 저 또한 자연스럽게 밧달 문명이 떠오르는군요. 이것도 수다흐 전승의 증거로 거론됩니다. 우주 각지의 문명 발달 단계와 사람들의 믿음 체계, 최종적으로 도달하는 시스템이 엇비슷한 이유는 하나의 공통된 조상을 갖고 있기 때문이라는 거죠.

그 믿음은 진지한 것에서부터 가벼운 흥밋거리까지 다양합니다. 중요한 것은 많은 사람이 진지하게 생각한다는 점입니다. 어떤 곳에는 수다흐학이라는 것도 있어서 관련된 내용을 정리하고 각지의 전승을 교차 검증해 정본을 남기는 일을 생업으로 삼기도 합니다. 이게 꽤나 정교하고 무수한 사람이 달려드는 작업이라서 수다흐에 대한 것은 이 세상 어떤 행성의 박물지보다도 많은 데이터가 쌓여 있습니다.

나이는 45억 년이라고 하고 둘레는 40,075킬로미터, 네 시기로 구분되는 지질시대가 있고 첫 식민지

개척까지의 인류사는 약 1만 년 전후. 자전주기와 공전 주기가 같으며 겉보기 크기가 태양과 같아 무수한 신화를 만들어낸 위성이 있고, 그곳에서 내려다보면 바다의 파란 색과 땅의 짙은 색과 이리저리 흐르는 구름의 흰색이 어우러져 마치 물감을 이리저리 섞어 만든 구슬처럼 보이는 아름다운 별. 그곳 말로 '지구'라고 불리는 곳. 대기며 기후가 온화하고 다채로워서 우주에서 볼 수 있는 모든 생명체를 볼 수 있는 생명의 요람과도 같은 곳.

우주 표준 단위는 바로 이곳을 기준으로 삼았습니다. 그 누구도 문제 삼지 않을 만한 곳이었죠. 어쨌든 그곳은 실증되지 않은 가상의 공간이니까요. 하지만 이미 많은 사람에게 통용되고 있었죠. 우주 표준 중력 1G도, 미터법도, 우주에 존재하는 각종 민족의 기원도, 생명체가 살기 위한 표준 대기 모형도 전부 여기서 비롯됐습니다. 하늘을 올려다보던 사람들이 발달시킨 천문학, 시계를 들여다보다가 발견한 상대성이론 따위의 물리학, 그 시대의 한계를 딛고 상상해낸 우주에 대한 찬란한 문학….

그야말로 한 행성의 모든 발달 과정이 시뮬레이션 돼 있습니다. 우주 고고학자들은 언젠가 이 행성을 찾아낼 것이라 믿고 있죠. 저도 잘 모르는 분야이기에 그저 나름의 연구 방법이 있다는 것만 알고 있습니다만, 적어도 이 학문을 유지, 발전케 하는 원동력은 단지 이러한 완벽한 세상이 존재하지 않는다면 이 우주의 불합리함을 견디지 못하는 나약한 인간의 믿음이 아니라고 말할 수 없을 것 같습니다. 그리고….."

살로만은 말했다.

"저 또한 그 나약한 인간 중 한 명입니다."

살로만은 말했다.

"꿈이란 것은 얼마나 부질없고 막연한 것일까요. 어릴 적 저는 수다흐 전승을 읽으면서 꿈을 키웠습니다. 그곳은 시기마다 화풍이 다르게 발전하고 지역마다 고유한 화풍을 간직했으며 마침내 온 세상이 하나가 되어 부대끼게 되자 각지의 문화가 모여서 또 새로운 그림이 새롭게 발전하는 곳이었다고 합니다. 그런 곳이란, 예술이 척박한 우리 행성에서 바라보자면 마치, 이상향과도 같은 곳이었습니다.

지구풍이라는 사조가 있습니다. 수다흐에서 발원했다는 작품을 모사해 마치 그곳에서 생산된 양식 그대로 만들어 즐기는 방식입니다. 이를테면 만화책이라는 양식이 있었습니다. 아주 가느다란 선을 그릴 수 있는 펜이라는 도구를 이용해 칸으로 구분된 그림과 대화문을 통해 이야기를 보여주는 양식입니다. 이곳에도 그림책은 있지요? 그와 비슷하지만 조금 다릅니다. 더욱 작은 그림으로 정교하게 만들고 보는 이의 시선과 읽는 시간을 고려해 만든 책입니다. 전 그런 지구풍 만화책을 읽으며 자랐습니다.

상상이 가십니까? 수다흐에는 무려 100권이 넘는 분량의 만화책이 있었다고 합니다. 저는『죠죠의 기묘한 모험』을 보면서 악을 미워하고 올바른 마음을 가져야 한다고 믿으며 자랐습니다. 친구들과 '너는 네가 먹은 빵의 개수를 알고 있나?' '구역질 나는 사악함이군!' 하며 놀곤 했습니다. 제 어릴 적 꿈은 수다흐를 찾아내는 것이었습니다. 학교에 입학하며 자기소개를 할 때 한 말도 이것이었죠.

저는 우주에 나가 수다흐를 찾겠습니다.

학급원들은 모두 배를 잡고 웃었죠…. 학교에 입학할 즈음이면 이미 그것이 그저 순진한 애들이나 믿는 이야기일 뿐이라고 통용되었거든요. 전 그날 밤 집에 돌아오면서 혼자 고개 숙이고 울었습니다. 우리 행성은 가뜩이나 예술가를 천대하는 곳이었습니다. 허무맹랑한 꿈같은 것은 존중받기 어려운 사회 분위기였어요.

하지만 전 믿음을 잃지 않았습니다. 돌이켜보니 이는 아사트 탈리냐에서 제의의 의미와 비슷하지 않습니까? 올바른 것이 무엇인지 제시하고 그것을 본받고 따르며 살아갈 지혜를 얻는 것. 그것이 결과적으로 옳은 것이었든, 틀린 것이었든 마음속 하나의 지침이 있는 사람은 우주로 나설 수 있습니다. 제가 그랬고요.

네. 제가 저항군에 합류한 진짜 이유는 여기에 있습니다. 우주에 나가면 어떻게든 수다흐의 진실 혹은 그 연구에 닿을 기회가 있으리라 믿었습니다. 제국의 차출에 반대해 입대를 결정했다고 앞서 말씀드렸지요. 네, 그것도 맞는 말입니다만 저는 그 이전부터 기회가 닿으면 꼭 우주로 나가겠다고 생각했습니다. 다만 땅에 발붙이고 살던 관성 때문에 일찌감치 마음먹지 못했을 뿐이었고 제국이 계기를 제공해줬던 것이지요.

우주에 나와서 전 한 번도 후회하지 않았습니다. 예상한 대로 우주에서 다양한 출신의 사람들을 만나며 수다흐 전승과 연구, 그리고 지구풍 작품들을 접할 수 있었습니다.

그간의 일을 모두 말할 필요는 없겠지요. 하지만 운이 좋았습니다. 저는 수다흐학을 연구하는 한 학자를 만날 수 있었습니다. 그 전에 동맹이 수다흐학 학자들을 대거 소집하고 있었다는 사실도 알았죠. 전쟁에 수다흐가 동원된다? 의미심장한 일이었습니다. 그래서 저는 시간을 들여 그와 친해졌습니다. 마치 치밀하게 구애하듯 시간과 정성을 들였습니다. 그리고 마침내 기밀에 해당하는 정보를 들을 수 있었습니다. 왜 자유동맹이 이 별을 전장으로 선택했는가. 수다흐와 이 별이 무슨 관계가 있는가. 제가 이 함대에 자원한 것도 그 때문이었습니다."

"작전의 이면을 알았다는 말입니까?"

"네. 공식적인 임무가 말해주지 않는 것까지 미리 알 수 있었습니다."

"그렇다면 그대는 그 작전의 이면 때문에 이곳에서의 임무에 자원했고, 거기서 탈영했다는 건가요?"

"그렇습니다."

"여기, 그대들이 일컫기를 아사트 탈리냐에 그대가 찾는 답이 있으리라는 것을 알고서 말이지요. 군과 함께하는 진정한 목적은 그 답에 있었고, 그것이 가까이 있음을 깨달은 이상 더는 군에 있을 필요가 없다는 것이군요."

"네."

빗싸 살로만은 대답했다.

"그렇습니다. 저는 죽을 자리를 찾아 여기까지 왔습니다."

"여기서 우리의 앎이 만나는 것 같군요."

이을리 가솜은 말했다.

"저 또한 무엇을 숨기겠습니까."

탈영병은 말했다.

"동맹의 작전을, 그대들이 여기서 무엇을 꾸미는지 말해줄 수 있습니까? 제국은 우리의 신성한 나무를 파괴했습니다. 여기에 일개 병사의 책임을 물을 수는 없지만 그대는 무슨 일이 일어날지 알고 여기에 왔다고 말씀하시는군요."

모종의 책임을 책망하는 듯한 말투였다. 살로만은 그 사실을 인정하지 않을 수 없었다.

"네. 알고 있었습니다. 제국이 어떻게 나올지도 충분히 예상할 수 있는 일이었습니다. 그것을 막지 못한 것도 우리 책임, 아니 제 책임입니다."

그렇게 말하고 살로만은 일어섰다. 그리고 가슴의 앞에 똑바로 서서 말했다.

"하지만 한 가지, 어르신께서 말을 삼가고 계셨다는 사실 또한 알고 있습니다. 제가 들을 수 있을까요? 어르신이 본 것에 대해서, 이 행성이 숨기고 있던 것에 대해서 말입니다.

알고 계셨던 것이지요? 고대인이 남긴 기록에서, 거기서 수다흐에 대한 진실을 보신 것이지요?"

먼 옛날, 누군가가 이 행성에 남긴 인공 문명. 그리고 데이터베이스, 세계수. 바람이 불어왔고 나이 든 무녀의 피백이 흩날렸다.

"네. 보았습니다. 저로서는 도저히 감당할 수 없는 지식과 역사, 무수한 언어와 문화, 사람들. 신단수에 문서가 있었습니다. 수다흐. 그들, 아니, 그곳 사람들이 스스로 일컫은 말, 지구에 대해 말이지요."

"수다흐는 어디 있었지요? 아니, 저의 갈급함을 용서해주십시오. 지금 이 순간 저의 지나온 모든 삶의 의미가 결정됩니다. 오랫동안 찾아온 답을 목전에 둔 사람을 보신 적 있으십니까? 설령 황제가 막 은하의 평정을 앞두고 있더라도 저처럼 목이 타지는 않을 것입니다.

다시 여쭙겠습니다. 부디 저를 가여이 여기지 마시고 사실을 말씀해주십시오. 수다흐는 정말로 있었습니까?"

살로만은 갈라져 가는 목소리로 말했다.

가솜은 답했다. 마치 판관이 선고를 내리듯이, 감정이 실리지 않은 차분한 목소리로.

"만일 그 행성이 우주의 역사 속에 물질과 시간으로서 존재했었냐고 물으신다면, 간단히 대답해드릴 수 있습니다. 그런 행성은 없었습니다. 제가 연구한 신단수, 세계수, 행성 바깥 우주의 정보를 저장해두는 저장소. 바로 그것이 수다흐였으니까요."

탈영병은 간절한 얼굴 그대로 굳은 채로 손을 떨고 있었다.

"세계수는 다만 우주에 대한 정보를 담아둘 뿐이 아니라, 그 본래 목적부터 수다흐에 대한 것을 보관

하는 곳이었습니다.

아니, 원래부터 그랬던 것인지는 알 수 없었습니다. 하지만 최근까지도 그곳은 누군가가 남몰래 드나들며 관리하고 있었습니다. 제 얄팍한 앎에 따르면 우주에서는 아주 작은 곳에 문자를 새겨두고 정보를 주고받으며 그 원리가 발전해, 장차 하늘 함선 같은 큰 기계도 다룰 수 있게 되었다고 들었습니다. 그렇지만 그 근본은 목간에 붓으로 쓰는 것과 다르지 않다는 것까지는 알 수 있습니다. 세계수는 그런 곳이었습니다. 수다흐에 대한 가장 중요한 내용들을 저장하는 장소이지요. 이 땅에서도 중요한 문서는 쉽게 찾을 수 없는 깊은 보관고에서 특별히 보관히고 필요하면 그것을 복제해 쓰곤 합니다. 비슷한 것이 아닐까 생각됩니다.

네. 짐작하신 바가 전부 맞습니다. 수다흐는 그저 막대한 분량의 정보일 뿐입니다. 누군가가 이를 집대성해서 세계수에 담아두고 또 종종 덧대고 꺼내보다가 우주에 널리 알려졌습니다. 하지만 그 누구도 그 깊은 저장고의 위치를 알지 못했기에 수다흐학이 발달했고, 아마도 그 연구의 성과가 이 땅까지 미친 것이겠지요."

잠깐의 침묵 뒤 살로만은 말했다.

"말씀해주셔서 감사합니다."

언젠가 수다흐에 갈 수 있다고 진심으로 믿고 있던 것은 아니었다. 반절의 희망과 반절의 각오. 그는 어디까지나 다음 발을 내딛기 위한 막연한 희망만을 좇아왔다. 어찌 보면 자신이 진정으로 원하는 것은 이렇게 막연함 속을 방황하다가 낙엽처럼 말라 흩어지는 것이 아닐까, 생각한 적도 있었다.

그래도, 아무런 근거도 없는 소문에 의한 소문은 아니라서 다행이야. 그는 그렇게 중얼거렸다.

불길함이 엄습해왔다.

연기와 불꽃과 에너지의 충돌과 쏟아지는 파편으로 얼룩져 있던 하늘이 고요함을 되찾았다. 그 대신 지상에서 우주로 올라가는 전투기와 수송선이 많아졌다. 한두 기가 아니었다. 눈이 닿는 모든 곳에서 솟아오르는 기체들을 볼 수 있었다. 마치 지상 위에 아무 희망도 남지 않은 듯이.

대기 바깥에서도 뭔가 벌어지고 있었다. 함선 그림자도 바삐 움직였다. 지상을 지켜주는, 지름이 족히 1킬로미터는 넘는 원형의 순양함들이 위치를 다시 잡아 정렬하고 있었다.

살로만은 전에 없이 깊은 한숨을 내쉬었다.

"아아, 이제⋯. 시작입니다. 제국의 무서움은 이제부터입니다."

살로만은 서성거리며 말했다. 그의 얼굴은 절망과 공포에 짓눌려 일그러져 있었다.

"하늘의 전쟁을 모르는 저로서도 무언가 일어날 것처럼 느껴지는군요."

"아무리 세계수의 지식을 전해 받은 어르신이라해도 감히 상상하지 못할 것입니다. 제국은 지금 은하의 절반을 차지하고 있습니다. 그것도 직접 지배 체계를 가지고서요. 제국의 동원 능력은 말로 들어서는 감이 오지 않습니다. 지금 제국은, 아아, 우리를 용서할 생각이 없습니다. 이제 이 행성에 숨을 곳은 없습니다⋯.

지금이라도 피난처로 들어가십시오! 작은 탈출
정이라면 빠져나갈 수 있을지도 모르니."

가솜은 천천히 고개를 젓고는 말했다.

"대체 무엇이 오길래 그렇습니까?"

"행성 포위… 라는 말을 들어보셨습니까?"

"처음 들어봅니다."

"제국이 반항하는 자에게 내릴 수 있는 가장 높은
단계의 처벌입니다. 온 은하에 본보기로 보일 필요
가 있을 때 꺼내 드는 수단입니다. 상대와의 압도적
인 전력 차를 보여주어 감히 저항할 의지조차 들지
않도록 하는 전술….

이름 그대로입니다. 상상하기도 힘든 규모의 함
대를 동원해 행성 하나, 그리고 행성에 포함된 위성
을 포위합니다. 통상의 면 진형이 아니라 구의 표면
을 따라 둘러싸는 진형입니다.

보통 전함 세 척이면 행성 하나를 정벌한다고 합
니다. 하지만 그것은 관용적 표현일 뿐입니다. 실제
로 전함은 이 행성에서 가장 큰 산 하나에 해당하는
에너지로 운용됩니다. 시간만 충분하면 전함 하나

로도 행성 하나를 초토화할 수 있을 테죠. 이 전술은 개념이 다릅니다. 제국의 공포를 보여주기 위한 전술이니까요. 여기 동원되는 함대 규모마저 알려져 있지 않을 정도로…. 하지만 최소로 동원되는 전함은 포위가 성립하는 축을 담당하는 여섯 척. 전함 한 대당 호위하는 구축함 여럿이 달라붙고. 각 구축함은 수십 대의 운용 기체를 싣고 있죠.

그렇지만 그것만이 아닐 겁니다. 포위진이 펼쳐진 곳은 대강 달의 3분의 1 지점으로 추정됩니다. 계산해보면…. 구의 표면면적으로 10억 제곱킬로미터 이상. 더 많은 전함급, 순양함급 함선이 동원될 테고 그 수는 족히 수천, 수만에 달하겠죠. 이러한 포위진을 갖추고 점으로 치환된 하나의 지점, 행성 표면을 향해 일제히 포격을 쏟아내는 것입니다. 그 행성의 모든 생명체가 불탈 때까지….

이건 이미 전쟁이 아닙니다. 황제에게 반기를 든 자에 대한 가차 없는 처벌이라고요!"

"그렇다면 동맹은….""

"이전까지는 생각이 있었지요. 하지만 이미 전쟁

은 진 것과 마찬가지입니다. 지금까지의 소규모 교전은 단지 시간 끌기였습니다. 제국이 그걸 알아챈 모양입니다."

"그대들의 작전은 무엇이었습니까? 왜 이곳을 전장으로 삼은 것입니까? 혹, 그대가 알게 된 작전의 이면과 관련 있는 것입니까?"

"수다흐…. 그것이었다고 생각합니다. 세계수를 관리하던 것은 제국이었습니다. 동맹은 정확한 이유를 알지 못했지만, 제국이 세계수에 집착하고 이를 확보하려 한다는 첩보를 입수했습니다. 동맹은 세계수를 인질로 삼을 생각이었죠. 하지만 제국은 생각보다 과감했습니다. 먼저 나서서 세계수를 파괴해버렸어요. 동맹은 상대를 기만하기 위해 지키는 척하긴 했지만…. 아무 의미 없는 행동이었습니다. 동맹의 진짜 목적은 다른 데 있었습니다. 이곳은 은하에서도 항로가 없어 발견이 쉽지 않은 외진 행성입니다. 그래서 밝혀진 것도 그리 많지 않았습니다. 동맹은 어쩌다 손에 넣은 연구 자료를 이용하기로 했습니다.

그게 뭐냐 하면 바로 이곳 항성계의 기나긴 이상 현상 주기입니다. 이곳의 태양은 수백 년에 한 번 대규모의 태양폭풍을 일으킵니다. 거기서 발생하는 태양풍은 이 행성에도 큰 영향을 주죠. 당연한 말이지만 아사트 탈리냐에도 자기장이 흘러 태양풍으로부터 보호받고 있습니다. 그런데 연구에 따르면, 또한 수천 년에 한 번 이 행성의 자기장이 한순간에 역전되는 때가 온다고 합니다.

보통 이 두 주기는 겹치지 않습니다. 그런데 그야말로 수만 년에 한 번, 이 주기가 겹치는 순간이 도래한답니다. 그게 바로 오늘이고요. 그것을 일컫기를 거대한 순환점이라고 합니다. 동맹의 과학자들은 이 거대한 순환점 시기에 일어날 일을 면밀히 시뮬레이션했습니다. 먼저 태양계 전체에 큰 태양폭풍이 쏟아집니다. 하지만 폭풍은 자기장의 변화 때문에 아사트 탈리냐에 와서 방향을 틀게 됩니다. 그 결과, 태양 방사선의 흐름은 행성 주위를 돌게 되고 정확히 행성 포위의 궤도에 집중됩니다.

제국군은 항성의 폭풍은 예상하고 대비하겠지만,

아마 거대한 순환점 현상은 예상하지 못하겠죠. 이는 오직 이 행성의 역사 기록, 신화, 전설을 바탕으로 연구해 알아낸 결과니까요. 제국은 단지 세계수를 먼 옛날 누군가가 설치해둔 외딴 저장소이자 통신소로 여겼고, 이곳 사람들에게는 전혀 관심을 두지 않았습니다. 우리의 계산 결과, 예상치 못한 태양풍과 거대한 방사능 폭풍의 궤도 한가운데 있는 함대는 일시적으로 통신 계통이 마비되고 보호 시스템에 타격을 입습니다. 바로 그때가 반격의 유일한 기회라고, 우리는 생각했습니다.

하지만…. 제국의 공격 시점이 너무 빠릅니다. 제국의 세계수 집착도 기만이었고, 동맹의 수호 의지도 기만이었습니다. 두 기만 사이에서 우리가 패배한 것이지요. 우리는 시간을 끌어야 했으니까요. 교전을 거듭하고 눈속임 작전을 거듭하면서 예정된 시각까지 버티는 게 작전의 진짜 목적이었습니다. 하지만 이제 불가능합니다…. 그 시각이 오기 전에 우리 함대는 방어 능력을 잃고 말겠지요."

그의 마음이 얼마나 닳고 메말라 있는지, 갈라져

가는 목소리를 통해 알 수 있었다.

"어차피 죽는 거라면, 마지막 항전은 고려하지 않는 건가요?"

"행성 포위가 결정된 이상 저항할 방법은 없습니다. 방어 측 전술은 에너지 실드를 샐 틈 없이 치고 버티는 수밖에 없어요. 실드를 유지하면서 이동할 수 있는 우주선은 많지 않고 속도도 매우 느리니 그저 각개격파 되기 십상입니다. 준비가 필요한 공간 도약도 당연히 쓸 수 없고요. 오히려 빠져나갈 가능성이 있는 건 1인용 전투기나 소형 수송선뿐입니다. 그러니 제발…. 이제 동맹에 남은 길은 없습니다. 이 땅에 남은 모든 생명체에게도…. 왜 그렇게 죽기를 고집하십니까!"

살로민은 목이 찢어지게 외쳤다.

"공격은 얼마나 버틸 수 있나요?"

"길어야 한 시간이겠죠. 에너지 실드는 막대한 에너지를 사용하기에 지속시간이 길지 못합니다. 물론 그 전에 방어 측이 의지를 잃으면 더 빠를 수 있

141

고요."

"그렇군요."

그렇게 말하며 가솜은 바닥에 놓인 비파를 집어 들었다. 드르릉 하고 개방현을 긁어본다. 상승하는 우주선들의 잔향도 들리지 않아 모처럼 조용했다.

가솜은 연주를 시작했다. 마치 지금 이 순간을 묘사하는 듯한 서글픈 선율이었다. 살로만은 아예 돌아앉아서 연주를 들었다. 그는 이 소리에 홀려 절벽으로 찾아들어와 가솜과 만났다. 그때는 멀리 나무 사이로 새어나가는 소리를 들었을 뿐이었다. 가솜의 비파 연주를 제대로 듣는 것은 처음인 셈이었다.

그러니 그것은, 태어나서 처음 듣는 소리이기도 했다.

슬프지만 비통하다는 느낌은 들지 않았다. 흥겹지만 주제에서 벗어나지 않았다. 마치 원래 그 자리에 있었던 것마냥 조화로운 음의 향연이 펼쳐졌다. 소리가 마음을 어루만져주는 듯했다. 하나하나의 소리가 심장 밑동까지 파고들어와 툭툭 건드렸다.

"아아…."

살로만은 말을 이을 수 없었다. 연주가 끝날 때까지 그는 그저 멍하니 나이 든 무녀를 올려다보고 있었다.

마침내 한 곡, 어쩌면 연이어지는 여러 악장이었을 수 있는 곡이 지나가고, 가솜은 말했다.

"그날 이후, 저는 마을로 돌아가지 않고 세상을 떠돌았습니다. 그러면서 각지에서 전해 내려오는 노래를 모으고 정리했죠. 노래가 잊히지 않도록. 여우의 조언대로 말이죠.

제 여행은 그 이후로도 이어졌습니다. 바닷길을 통해 알려지지 않은 남쪽 나라에도 가봤고 아주 머나먼 북쪽 얼어붙은 땅까지 밟아봤습니다. 세싱은 너무나 넓었습니다. 그리고 살아 있는 동안 가볼 수도 없는 더 먼 땅이 있다는 사실도 알게 되었죠.

전 매 여행이 끝날 때마다 신단수로 돌아왔습니다. 달장의 신단수 연구도 매번 진척되었고 저는 우주에 대한 많은 것을 배울 수 있었습니다. 수다흐의 역사까지도요. 그렇지만, 배우면 배울수록, 세상의 이치에 대해 알아갈수록 늘어나는 것은 오히려 허무함뿐이었습니다.

그건 제 여행의 시작부터 내내 저를 따라다니던 질문이었죠. 모든 문명이 생멸한다면, 도대체 우리가 이 전통과 전승을 지키고 기억해야 하는 이유란 무얼까.

우주에는 무수한 문명이 존재합니다. 수다흐만 해도 모든 멸망한 나라를 모아보면 해안가의 모래알을 붙여가며 세더라도 다 세지 못할 것입니다. 제가 자라온 마을도 마찬가지인 운명을 맞이하게 되었습니다. 비자불은 온초에 복속됐고 온초는 바리냐에게 멸망당했고 바리냐는 그대들에게 해체됐지요. 그럼 그 침략의 사슬 가장 아래에 있던 비자불은 어떻게 되었는지 아십니까? 내가 태어났고 나에게 순례의 전통을 남겨줬던 고향은 어떻게 됐는지 아십니까?

비자불은, 바리냐로부터 철저히 유린당했다고 합니다. 위치가 좋지 않았습니다. 그들은 배를 타고 남쪽의 해안에 상륙해 북쪽으로 진군해 왔고 그 길목에 비자불이 있었습니다. 고향으로부터 도망쳤던 저는 그야말로 마지막 무녀이자 전통의 유일한 계승자가 되고 말았습니다.

전통의 운명은 더욱 부질없습니다. 비단 나라가 멸망하지 않더라도 사람들은 오랫동안 지켜오던 것도 이내 벗어버리고 잊어버립니다. 무녀의 전통은 그럴 운명이었습니다. 무수한 노래도 옛이야기도 마찬가지였습니다. 저는… 너무도 빨리 그것을 알아버리고 말았습니다. 수다흐의 발달 과정을 빗대 보자면 적어도 천 년은 빨리….

이런 저에게 남은 것이라고는 마을에서부터 가지고 온 이 비파 하나뿐이었습니다. 마을은 멸망했지만 저에겐 노래가 남았습니다. 물론 이 노랫소리도 곧 멎고야 말겠죠. 앞서 새 세상으로 가 노래를 전해야 하지 않겠느냐 말씀하셨죠? 이제야 그 답을 드리게 되었군요. 그건 불가능합니다. 비록 엇비슷한 생명이 번성한다 하더라도 행성마다 대기 구성이 조금씩 다르다는 점은 아시지요? 이 행성은 놀랍도록 표준 대기와 비슷한 공기를 품고 있습니다만 그렇다고 완전히 같지는 않습니다.

한번 수엣샤가 마련한 탈출 후보 행성의 기후를 재현한 쳇굴에 들어가봤습니다. 중력, 기온, 대기, 생태 등을 맞춰 놓고 미리 적응하도록 하는 시설이었습니다. 그리고 저는 중요한 사실을 깨달았습니다. 그 어느 곳에서도 지금 여기에서와 같은 음악을 들을 수 없다는 사실을요.

이는 이 땅의 고유한 대기 구조의 영향일 것입니다. 왜 이 비파 연주가 아름답게 들리는지 아십니까? 여기 불어오는 바람이 또 다른 울림을 가져다주었기 때문입니다. 얄팍하게 공부한 바로는 일종의 위상 비틀림이 일어나는 것 같았습니다. 이런 대기 구조는 다른 곳에서는 찾을 수 없었어요. 이 소리는 오직 이 땅에서만 들을 수 있지요.

수천 년간 여기 사는 사람들이 만들고 전수해온 음악은 이 땅의 대기를 바탕으로 만들어졌습니다. 대기가 달라지는 곳에서는 이런 소리, 이런 음률이 나올 수 없습니다. 들리는 게 달라지고 상상하는 것이 달라지니까요. 그래서… 저는 이곳을 떠날 수 없습니다. 저를 이루는 모든 것은 지금 사라지고 무너지고 흩어졌습니다. 저에게 남은 전부이자, 나를 나라고 정하며, 목숨과도 바꿀 수 없는 것은 바로 음악입니다. 이 음악을 들을 수 없다면 삶은 아무런 의미가 없습니다. 얼마 남지 않은 목숨, 나에게 남은 유일한 씨앗마저 파괴해버리고서 굳이 이어가고 싶지 않습니다.

그대는 죽을 자리를 찾아 이곳에 왔다고 했지요. 저 또한 마찬가지입니다."

살로만은 눈을 감았다. 차마 눈을 뜨고서 그 이야기를 들어줄 수가 없었다. 스스로 온 세상의 등쌀에 밀려 여기 은하 외딴곳까지 오게 되었다고 생각했다. 죽음을 각오한 자에게 스스로를 가련하게 여기는 위안쯤은 허락되리라 생각했다.

그렇지만, 그런 자기 비애를 여기 눈앞에 있는 그야말로 삶과 역사를 잃어버리고, 딛고 살아온 땅마저 잃게 생긴 자 앞에서 할 소리였을까? 살로만은 부끄러움에 눈을 뜰 수 없었다.

가솜이 말을 마치자 기다렸다는 듯 폭격이 시작

됐다. 살로만은 눈을 뜨고 하늘을 올려다보았다. 동맹군 함대의 방어진이 대기 바깥에 펼쳐져 있어 소리는 들리지 않았다. 초저녁 하늘 너머로 지금까지 본 적 없는 광경이 펼쳐졌다. 행성 표면을 샐 틈 없이 감싼 에너지 실드와 그것을 두들기는 공격이 만들어내는 형형색색의 섬광이 하늘을 가득 채웠다. 마치 장대비가 쏟아지는 듯한 공격이었다. 온 하늘이 신음하고 있었다. 행성의 주위로 빛과 열이 쏟아지고 있었다. 그 규모는 밤을 지워버릴 정도였다.

"시작됐군요."

가솜은 말했다.

"아마 이 풍경을 기억하는 이는 없을 겁니다. 우리도 마찬가지겠죠."

살로만은 나무 기둥에 걸터앉은 채로 힘없이 말했다.

"그래도 진기한 광경이군요. 마치 수다흐의 유명한 어떤 그림 같네요. 이름이 고흐였던가요?"

"아, 저도 본 적 있습니다. 하지만 그보다 더욱 현란하고, 아름다운 불빛이군요."

그때, 실드의 에너지를 다한 저항군 순양함 하나가 피격됐다. 제국군의 에너지포는 그 사이를 뚫고 지표면까지 강타했다. 운석이 떨어진 듯한 굉음이 들렸고 먼지가 폭풍처럼 휘날려 두 사람이 서 있는 언덕까지 미쳤다. 방어 측 함선들은 위치를 옮겨 구멍을 메웠지만 실드의 방어진은 한층 약해졌다. 전멸의 순간은 앞당겨졌다.

"마지막으로 한 곡 더 청해도 되겠습니까?"

"기꺼이."

그렇게 그들은 찬란한 재앙으로 물든 하늘을 올려다보며 마지막 연주를 준비했다. 비로소 그들은 이 절벽 위에서 두 사람이 만난 의미를 알게 됐다. 가부아비는 말했다. 마주침 자체가 이유일 수 있다고.

혼자가 아니라서 외롭지 않았다. 그들은 마지막 순간 자신 안의 전부를 털어놓을 수 있었고 또 이해받을 수 있어서 행복했다. 이 정도면 근사한 마지막이었다. 그들은 만족했다. 적어도 이 별에서 그들만큼 평온히 멸망을 받아들이는 사람은 없을 것이다.

순례자들

"찾았다!"

수풀 속에서 목소리가 들려오자, 가솜은 연주를 멈추었다.

두 사람은 아래쪽으로 시선을 돌렸다. 지금 바깥을 돌아다니는 사람이 있다는 사실만으로도 놀랄만한 일이었는데, 들려온 목소리는 앳된 여자아이의 것이었다. 게다가 '찾았다'라니. 지금의 불길한 하늘과는 도저히 어울리지 않는, 밝고 기운찬 목소리였다.

타닥타닥하는 발소리가 빠르게 다가왔다. 분명그들을 향해 다가오는 발소리였다. 한 명이 아니었다. 공교롭게도 지금 이 상황은 그들이 오늘 겪은 일중 가장 이해하기 어려웠다. 이 앞에 또 어떤 일이 남아 있을지 그들은 도저히 짐작할 수 없었다.

마침내 새로운 방문객들이 절벽 위에 도달했다. 목소리의 주인공으로 보이는 자그마한 여자아이가 제일 먼저 모습을 드러냈다. 두 사람은 놀랄 수밖에 없었다. 거칠고 해진 포를 두른 채 바지를 입은 그는, 머리를 적당히 말아 올리고 손에는 지팡이를, 허리에는 주머니를 차고 있었다. 그 모습은 영락없는 여행자였다. 단 하나, 손에 든 지팡이를 제하면 말이다.

"기, 기다려어! 어이쿠!"

이내 그 뒤로 따라온 사람은 비슷한 또래의 남자아이였다. 한순간에 숲길이 끝나버릴 줄 미처 예상하지 못했는지 절벽 위 공터에서 기우뚱하고 멈춰서려다 앞으로 자빠지고 말았다. 그는 등에 봇짐을 지고, 그 아래에 허리를 가로지르도록 칼을 차고 있었다. 그는 넘어진 김에 그 자리에 엉덩이를 깔고 앉았다.

"이놈들, 먼저 튀어 나가지 말라고 했지. 그 앞에 뭐가 있을 줄 알고."

그 뒤에 도착한 사람은 20대 초반쯤 돼 보이는 예쁘장한 남자였다. 역시 거친 여행자의 옷을 입고 있었는데, 허리띠에 정식으로 착용한 칼과 활이 본연의 품위를 채 감추지 못했다. 절풍에 꽂은 꿩 깃털 하나가 예사롭지 않은 신분임을 암시했다.

"엣차."

마지막은 엉뚱하게 나무 위에서 내려왔다. 묘한 차림새와 생김새의 어린 여자였다. 얼굴이 티 없이 매끈했고 역시 바지를 입고 있었는데, 일행과 어울리지 않게 흰 비단을 두르고 있었다. 체구가 아주 작았고 머리는 복잡하게 땋아 올렸으며, 옷 외에 주머니나 장신구, 봇짐 하나 없어 몸이 아주 가벼워 보였다. 마치 도시에서 한 발짝도 나서지 않은 귀족 아이 같은 인상이었다.

"그대는, 여우로군."

가솜은 그 아이를 바라보며 말했다.

"응? 어떻게 알았지? 잘 둔갑했다고 생각했는데!"

네 번째로 도착한 여자아이는 말했다.

"글쎄, 다 티가 난다니깐? 못 알아보는 사람 한 명도 없을걸? 도대체 그렇게 좋은 옷을 입고 돌아다니는 인간이 어디 있어? 게다가 하나도 때 타지 않은."

첫 번째로 도착한 아이가 핀잔주듯 말했다.

"그렇지만 너희야 옷은 너무 더럽다고. 그렇게 둔갑할 수는 없잖아."

"그 말투도 그래. 사람인 척하고 싶으면 좀 더 관찰력을 기르라고."

"에구구, 너희 짐 든 사람 생각 좀 해주면 안 돼? 그렇게 막 달려가지 않아도 되잖아."

자빠져 있는 남자아이가 투덜댔다.

"그 정도 체력으로 어떻게 집을 나설 생각을 했는가? 나약해 빠져서는."

깃 꽂은 남자가 말했다.

"저기, 여러분은…."

살로만은 멋대로 떠들어대는 네 사람 사이에 섰다. 그는 누구와 대표로 대화해야 하는지 알 수 없었다.

앞장선 사람은 맨 처음 도착했던 여자아이였다.

"엣헴, 으음. 대 무녀님 맞으시죠? 전 아질이라고 해요. 여기 옆에 철퍼덕 주저앉아 있는 녀석은 소투리. 아니, 지금 소개할 때가 아니에요! 긴급! 긴급이라고요! 세상이 멸망할 위기라고요!"

"아, 마침 그 얘기 중이었는데. 너희도 멸망의 순간을 구경하러 나온 거니?"

살로만이 대꾸했다.

"아이, 참. 무슨 시답잖은 농담이람. 그러고 보니 아저씨는 수엣샤죠? 도대체 수엣샤가 왜 여기서 빈둥대는 거예요? 요즘 들어 전부 바쁘게 뛰어다니더만."

"그대는…."

가솜은 스스로를 아질이라 밝힌 아이의 폴짝거리는 듯한 말을 가만히 밀어내고는 말했다.

"그 지팡이는 혹시…."

아질은 자랑하듯 지팡이를 들어 올렸다. 가솜의 것과 비슷한 모양이었으나, 끝머리에 청동거울이 달려 있었다. 가솜이 목걸이로 만들어 지니고 다니는 것과 비슷한 거울이었다. 바로 밑에는 고리가 두

개 달려 달그락거리는 소리를 내고 있었다.

그리고 아질은 말했다.

"네! 대 무녀님의 것과 같은, 순례자의 지팡이예요!"

가솜은 놀란 눈을 바로 뜰 수가 없었다.

"설마… 아직도 순례가 이뤄지고 있었던 건가요…."

가솜은 가슴이 텁텁하게 막혀오는 것을 느꼈다. 마치 허파 가득히 물이 차오르는 양 답답했다. 눌러 참지 않으면 분명히 넘쳐 오를 터였다.

"아직도? 그건 아닐 거예요. 왜냐하면 제가 아주 오랜만에 부활시켰으니까요! 어릴 때부터 대 무녀님의 이야기를 들으며 자랐어요. 무녀님을 따라서 순례자가 되고 싶었죠. 그래서 길을 나섰지요! 여기 멍청한 놈이랑 함께! 그 모험이 이제 끝에 다다랐어요!"

"짐꾼으로 부려 먹기만 하면서!"

소투리라고 소개받은 남자아이가 항의하듯 외쳤다.

"비자불은 이제 없을 텐데!"

가솜은 먹먹한 목소리로 말했다.

그때, 또 하나의 함선이 공중에서 거대한 불꽃으로 산화했다. 그 여파가 다시 대기에 미치고 하늘에서 불꽃 비가 쏟아졌다. 그렇지만 작은 아이는 꿋꿋하게 말했다.

"네. 이젠 없어요. 하지만 사람들은 여전히 살아 있다고요. 여기저기 흩어져서 말이에요. 어른들은 허구한 날 평화로웠던 시절 얘기만 하며 옛날이 좋았다고 한숨 내쉬지만요.

그렇지만 비자불을 떠난 사람들은 여전히 살고 있다고요! 일부는 옆 나라에 의탁하고 일부는 산속에서 부흥 운동에 참여하고 또 일부는 새로 마을을 일궈 새 이름으로 살고 있어요.

아이참, 그런 게 중요한 게 아니라니까요. 전 대무녀님의 발자취를 따라 여행했어요. 이거 알아요? 온 세상에 무녀님의 흔적이 남아 있어요! 무녀님이 부활시킨 신당마다, 무녀님이 해방한 무덤마다, 무녀님이 구해준 마을에 무녀님을 기리는 이야기가 잔뜩 떠돌고 있었다고요!

여행 도중 우리는 알게 됐어요. 무녀님이 또 각지의 노래를 되살리고 종이에, 바위에 적고 아이들에게 가르쳐줬다는 사실을요. 그 아이들은 다시 그 뒤의 아이들에게 노래를 가르쳐줬겠죠. 우리는 노래를 따라다녔어요. 그래서 마지막 무녀가 떠돈 길을 노랫길이라고도 부른대요. 저어 서쪽 사막 나라에서부터 북쪽의 추운 나라, 동쪽의 섬나라까지! 그 길에 무녀님이 발견한 것들이 잔뜩 남아 있었어요.

하지만 마지막으로, 어디에도 가르쳐주지 않은 노래가 있잖아요. 바로 고향에서 부르던 노래, 다시는 고향으로 돌아오지 않아서 누구에게도 남기지 않고 혼자 간직하고 있는 노래 말이에요!

그 이름은 「꼬리별의 노래」. 그 노래를 배우기 위해 무녀님을 찾아다녔어요. 우주로 떠나버렸으면 어쩌나 조마조마했다니까요! 다행히 큰 거북이가 알쏭달쏭한 말을 해서 찾아올 수 있었다고요."

"거북? 가부아비 말하는 건가요?"

"어, 네! 아마? 그럴 거예요! 등에 대나무가 자란

거북이!"

가부아비는 말했다. 마주침 자체가 이유일 수 있다고. 그리고 가솜은 떠올렸다. 여행자를 만나 안부를 전했다는 말도 있었지. 그의 사명이란 다름 아닌 이 두 일행을 만나게 하는 일은 아니었을까.

가솜은 고개를 끄덕이며 말했다.

"정말, 머나먼 길을 지나오셨군요. 노래는 가르쳐 줄 수 있어요. 이게 내 삶의 마지막 보람이 될 수 있겠군요. 하늘이 마지막으로 자비를 베푸시는군요."

"역시 모르시는군."

귀족 청년이 빈정대듯 말했다. 하지만 그건 그의 평소 말투인 것 같았다.

"아셨다면 진작 나타나셨겠지. 우리가 그렇게 고생할 필요도 없었고 말이야."

충분히 쉰 소투리가 엉덩이를 털며 일어나 말했다.

"하지만 즐거웠어! 너희를 만났으니까!"

여우라 불린 아이도 말했다.

"모르다니, 무얼….'

가솜은 정말로 영문을 알지 못해 네 사람의 얼굴을 번갈아 보았다. 아질은 의기양양하게 말했다.

"무녀님이 되살린 것 말이에요. 노래. 온 세상에 흩어져 있었고 잊혀가던 노래! 그건 그저 불리기 위한 것이 아니에요. 노래에는 기원이 담겨 있어요. 노래에는 비밀이 담겨 있어요. 고대로부터 내려온 노래 중에는 사람들이 잊어버린 마법을 전하는 노래가 있어요. 다 같이 부르면 놀라운 일이 벌어지는 노래!

저는 지금까지 그런 노래들을 찾아다녔어요. 바로 무녀님이 되살리고 다시 부르게 한 그 노래를 말이에요! 그리고 마지막으로 남은 곡이 「꼬리별의 노래」였던 거예요."

"다 같이…. 누구와 이 노래를 부른다는 거죠?"

"어휴, 제 모험은 이제 끝났다니까요! 온 세상 친구들이 기다리고 있어요. 처음엔 소투리와 둘이 길을 떠났어요. 하지만 그 도중 많은 사람을 만났죠. 여기 두 사람뿐 아니라 여러 친구를 두고 왔어요. 그들은 기다리고 있죠. 동쪽의 셔벌에서, 서쪽의 슈호크에서, 북쪽 신단수를 지키는 타르마기 사람들이. 이미 모든 소도에서 준비하고 기다리고 있어요. 무녀님을요!"

"연주를 하면, 무슨 일이 벌어지는 건가요?"

이제 가솜은 거의 울먹이고 있었다.

"그건 몰라요! 하지만 시도해서 나쁠 건 없잖아요. 기도하는 마음으로, 모든 영력을 끌어올려서 저 하늘로 꼬리별을 쏘아 올리세요. 그러면 온 세상의 동지들이 답해줄 거예요. 얼른!"

가솜은 비파를 집어 들었다.

한평생 나는 무엇을 위해 떠돌았을까. 도망자라는 죄책감. 그렇지만 내가 아니면 누구도 옛 노래를 기억하지 않을 것이라는 책임감. 모순된 여행. 성인식을 위해 집을 나선 뒤로 머리가 세고 등이 굽을 때까지 끝나지 않은 여행. 그 여행이 지금, 끝나려 하고 있다.

지금까지 가솜은 줄곧 혼자였다. 어디에도 자신의 고민을 털어놓을 수 없었고, 누구에게도 이해받을 수 없었다. 고향에서 그는 도망자였다. 타지에서 그는 이방인이었다. 이미 새로운 믿음을 받아들인 곳에서 그는 마녀였다. 그는 멈출 수 없었다. 그 어떤 땅도 그를 받아들여주지 않았다. 그럼에도 손에서 노래를 놓지 않았다. 이 노래를 기억하고 전하는 일만이 살아 있는 유일한 사명이라 생각했다. 그 사이 고향이 파괴됐다. 하늘에서 전쟁이 내려왔다. 더는 어디로도 갈 곳이 없어졌음을 알고서 의연히 죽음을 맞이하기로 했다.

그런데, 내가 남긴 노래를 따라 부르며 세상을 여행하던 아이들이 있었다니. 신분과 종족을 넘어 결성된 이들의 모험이 궁금했다. 아아, 나에게도 이런 동지들이 있었다면 그간 덜 외로웠을까.

가솜은 누구의 앞에서도 연주한 적 없는 고향의 노래를 연주했다. 이 곡은 비자불, 그중에서도 가솜이 나고 자란 작은 마을인 미두내에서 전해지는 고유한 조로 쓰인 곡이었다. 이 조는 지금의 비파로는 연주할 수 없다. 그 소리를 내기 위해서는 줄 하나의 조율을 달리해야 한다. 그렇지만 비파를 다룸이 젓

가락질보다 편한 가슴은 그럴 필요가 없었다. 그때 그때 줄을 밀어 올려 필요한 소리를 만들 수 있었으니까. 그 바람에 음악은 원래의 곡조보다도 생동감 있게 변했다. 음과 음 사이에 나비가 날아들어 춤을 추었다. 듣는 이들은 어디가 땅이고 어디가 하늘인지 잊어버리고 두둥실 떠오르는 듯한 착각에 빠졌다. 신령한 푸른 기운이 무녀의 몸에서 피어올랐다. 기운은 소리를 타고 하늘로 높이 치솟았다. 그것은 이 땅의 활기찬 기운을 하늘로 높이 치켜올리는 곡조였다.

그 순간을 오매불망 기다리던 사람들이 있었다. 전 세계의 소도를 지키며 신호를 기다리고 있던 아질 일행의 친구들이었다. 그들은 세상의 위험에 맞서 싸우기로 결의하고 아질이 최초의 노래를 찾아낼 때까지 기다리기로 약속했다. 그리고 그들은 서로를 믿고 있었다. 그들은 마지막 무녀를 만나지 못했지만, 항상 바라보고 있는 곳에서 언젠가 성공의 불길이 올라오리라 믿고 있었다.

마침내 가슴의 노래가 울려 퍼졌을 때, 가까운 소

도에서 기다리던 악사가 그 빛을 보고 악기를 연주했다. 영법은 온 대지에 흐르고 있었기에 소도에서는 똑같은 빛줄기가 위로 솟구쳤다. 그것을 본 누군가가 또 다른 소도에서 빛을 올렸다. 각자의 악기로, 때로는 목소리로, 그 지방에 태고로부터 내려오던 멜로디로. 그 옛날 울려 퍼지던 땅의 노래가 다시 울리기 시작했다.

노래는 점점 퍼져나갔다. 뭍을 넘어서 섬으로, 섬을 지나 건너편 대륙으로, 깊은 산맥으로, 사막으로, 빙원으로, 그리고 줄기가 갈라지고 쓰러져 있던 신단수로. 수많은 사람이 빛을 기다리고 있었다.

마침내 태초의 나무가 빛나기 시작했을 때, 온 땅이 진동했다. 생명을 가진 모든 존재가 별의 박동을 느낄 수 있었다. 무언가가 일어나고 있었다. 그렇지만 그 누구도 불안하지 않았다. 그것은 어떤 존재든 본능적으로 느낄 수 있는, 따뜻하고 상냥한 힘이었기 때문이다. 지금만큼은 악에 찬 요괴도, 땅을 배회하는 나찰도, 길 잃은 망령도 한마음이었다. 지붕 밑으로, 동굴 속으로, 쇳굴 안으로 숨어들었던 사람들도 슬그머니 밖으로 나와 하늘을 올려다보았다.

고개를 치켜든 자는 누구나 볼 수 있었다. 하늘을 가로지르는 거대한 존재. 그곳의 모두가 알고 있지만 누구도 본 적 없는 신성한 존재. 방위의 신수들이 모습을 드러냈다. 북쪽에서는 현무가, 남쪽에서 주작이, 동쪽에서 청룡이, 서쪽에서 백호가 각각 하늘을 장대하게 뒤덮었다. 그 크기는 수엣샤의 함선보다도 커다랬다. 산맥과 산맥을 배 아래로 가늠하고 구름 위로 머리가 솟을 정도였다. 지상의 사람들은 그 시작과 끝을 한눈에 볼 수 없었다.

그들은 어마어마한 덩치에도 불구하고 땅과 대기에 영향을 주지 않았다. 신수 중에서도 가장 높은 차원의 존재였기 때문이었다. 지상의 존재들은 그들을 볼 수 있었으나 만질 수는 없었다. 다만 그들은 온 세상이 울리도록 울부짖었다. 그 어떤 동물도 흉내 낼 수 없는 위엄 있고 성스럽고도 황홀한 울음소리였다. 소리는 마치 인간들의 연주에 화답하듯 그들이 보이지 않는 행성 반대편까지 울려 퍼졌다.

그리고 그들은 솟아올랐다. 동력이 다할 때까지

간신히 버티는 것이 고작인 자유동맹 함선들로 날아갔다. 동맹군은 한계였다. 공격이 거세어질수록 실드의 가동시간은 더 짧아지고 있었다. 그렇기에 행성을 둘러싼 함대들의 에너지 충전량이 갑자기 최고치까지 차올랐을 때, 대원들은 몇 초가량 그 사실을 믿지 못했다. 하지만 그들도 갑작스러운 변화가 가져다준 여유 덕분에 볼 수 있었다. 아사트 탈리냐 표면이 신비롭게 빛나는 광경을 말이다.

그들은 이 기적을 믿는 수밖에 없다는 사실을, 이 기적에 의존해야 한다는 사실을 깨달았다. 온 함대에 명령이 내려졌다. 실드를 최대한 전개하고 조금 더 구의 바깥으로 진형을 확장했다. 작은 우주선들은 그 사이에서 좀 더 원활히 활동할 수 있었다.

이제 시간은 충분했다. 거대한 순환점의 순간까지 남은 시간은 한 시간. 오히려 전세는 유리했다. 그동안 에너지를 소진하고 있던 쪽은 제국군이었기 때문이다.

하늘을 올려다보고 있던 가솜의 얼굴은 눈물로

흠뻑 젖어 있었다. 모험가 일행은 하늘을 올려다보며 두 팔 벌려 환호했다. 지상에서 보았을 때, 하늘로 올라가는 신수의 모습은 마치 승천하는 것처럼 보였다. 그들은 그 거대한 몸체가 아득하게 느껴질 정도로 높이 솟아서는 다시 희미하게 하늘과 합쳐졌다.

"이것이… 내가 노래를 지켜 온 이유…. 하늘이시여…."

마침내 힘이 쭉 빠진 가솜은 그 자리에 주저앉았다. 아질이 지팡이도 내팽개치고 달려들어 소매를 잡아주며 말을 건넸다.

"고마워요. 지금까지 견뎌줘서."

가솜은 눈물을 닦으며 말했다.

"나야말로 고맙습니다. 노래를 기억해줘서. 노래의 진짜 의미를 되찾아줘서…."

"그저 대 무녀님을 뒤따르고 싶었던 것뿐인걸요."

가솜은 차분히 말했다.

"사실 이 노래에 전해 내려오는 이야기가 하나 더

있습니다. 「꼬리별의 노래」는 오래된 신령한 존재를 부르는 노래라고도 알려져 있었습니다. 하지만 제가 그것을 잊어버리고 있었어요. 당연히 그 존재는 우리 마을과 관련된 것이리라 생각했거든요. 계시의 진짜 의미는 실현되었을 때 알게 된다. 무녀는 당연히 알고 있는 사실인데 매번 이렇게 놀라게 되는군요.

방위의 신수는 신수 중에서도 지고하게 높은 존재. 수만 년에 한 번, 세상이 혼란에 빠졌을 때 나타나서 사람들을 구해준다는 전승도 있습니다.”

“우리가 아니었으면 그런 전설도 다 소용없었을 서아! 히힛.”

여우 소녀가 해맑게 웃으며 말했다.

“그렇습니다. 다 여러분 덕분이시요. 여러분이 옛이야기를 잊지 않아서….”

가솜은 다시 한 번 눈물을 훔쳤다.

“그런데 아직 전투는 끝난 것 같지 않은데. 신수들은 뭘 한 거지?”

깃 꽂은 남자가 말했다. 신수들이 나타나 뭔가 상

황이 나아졌다는 것만큼은 알 수 있었지만 정확히 무슨 일이 벌어졌는지 땅의 사람들은 알 수 없었다.

살로만이 들뜬 목소리로 설명해주었다.

"시간. 시간이 문제였습니다. 거대한 순환점까지 버티느냐 그러지 못하느냐. 그런데 이제 동맹군의 함대에 여유가 생겼습니다! 분명히 에너지가 고갈되어가고 있었을 텐데, 전 함대의 배치를 보면 알 수 있습니다. 지금 우리 군은 작전을 확신하고 자리를 지킬 때의 진형을 갖추고 있어요!"

"거대한 순환점?"

"잠시 후입니다. 기다려보기로 하죠."

그들은 이 전쟁의 마지막 순간을 두 눈으로 목도했다. 최후의 전투는 지상에서도 똑똑히 목격할 수 있었다. 강력한 태양폭풍이 불어왔지만 지상은 오히려 아무런 피해가 없었다. 함대가 실드로 감싸고 있기 때문인지 자기장이 크게 확장됐기 때문인지 아니면 신수들이 지켜주고 있어서인지 확실히 알 수는 없었다. 그 대신 사람들은 포격이 멈추고 동맹군 함대가 일제히 발진하는 모습을 볼 수 있었다. 타

이밍을 맞춰 지원군도 도착했고 대대적인 반격이 이뤄졌다. 몇 달 동안 지상을 겨누고 있던 제국군 함대는 마치 밤하늘을 수놓는 불꽃처럼 흩어져갔다.

누가 봐도 알 수 있는 승리의 순간이었다. 숨어 있던 사람들은 일제히 뛰어나와 얼싸안고 소리 지르며 노래 불렀다. 원래 이 땅에 살고 있는 사람이든 먼 곳으로부터 날아와 지쳐 있는 사람이든.

남은 이야기

마지막 무녀의 여정은 끝나지 않았다.

알려지지 않은 그의 말년 이야기가 땅 여기저기에 흩어져 있었다. 여전히 그는 마지막 무녀였고 발길 닿는 곳마다 기적을 일으키는 존재였다. 그렇지만 운명의 날 온 세계에서 목격된 신수들과 마지막무녀가 관계돼 있으리라고 상상하는 사람은 아무도 없었다. 놀라운 일을 해낸 작은 여행자들 역시도.

그들에 대한 이야기는 어디에도 알려지지 않았다. 분명히 그들은 수많은 흔적을 남겼고 많은 친구를 사귀었고 많은 사람을 구했다. 하지만 많은 것이 무너져버려 다시 쌓아 올리기 다급한 시대에 그들의 이야기가 기억될 공간은 그리 넉넉하지 않았다.

그렇지만 그들은 마지막 무녀로부터 많은 것을

이어받았다. 그것은 그들이 동쪽의 절벽 위에서 만나지 않았다면 후대로 전해질 수 없는 것들이었다. 이야기, 지금 이 시대보다도 더 오래전의 이야기가 그중 하나였다. 타고난 이야기꾼인 아질은 무녀가 전해준 이야기를 기록으로 남겼다. 기록의 모든 내용은 사실일 수도 사실이 아닐 수도 있었다. 이제는 그런 진위가 중요해지는 시대가 아니었다. 너무도 이르게 맞이한 시대였지만, 앞으로 이 땅의 역사는 지금까지와는 다른 방식으로 이어질 터다.

그렇지만 이야기 속에서는 아니다. 아질이 의도한 것은 그것이었다.

작가의 말

사람은 왜 글을 쓰게 될까요. 아마도 가슴속에서 끓어오르는 무언가가 마치 압력밥솥처럼 목구멍을 쉴 새 없이 두드리고 있기 때문이 아닐까요? 사실 저에겐 창작의 열망은 그리 중요한 문제가 아니었습니다. 정확히는 '내가 만들고자 하는 무언가'가 제 진정한 화두였지요.

모처럼 개인적인 이야기를 할 기회가 생겨서 다행입니다. 처음, 이 세계를 꿈꾸게 된 것이 언제인지 정확히 기억나지는 않습니다. 중학생 혹은 고등학생 때였을 거예요. 그때는 막연히 생각했습니다. 고대의 것, 존재하지 않던 것, 기록조차 남지 않던 것, 희끄무레한 신화, 들어본 적 없는 민담, 구체성이라고는 중학생의 설정노트만큼도 없는 지도 위의 제국. 그것들이 어째서 일종의 노스텔지어로 느껴지는지 이해할 수 없었습니다.

그래서 결심했습니다. 일단 소설가가 되자. 그보다 더 가까운 것들을 쓰고 경험과 지식을 쌓자. 한 서른 살쯤 되면 내가 쓰고 싶은 것이 명확해지겠지. 아참, 그리고 대학교, 그중 역사학과에 가자. 이 판단은 확실히 옳았습니다. 세상에는 시간이 해결해 주는 것도 꽤 있거든요. 저는 성인이 되고서 이 가상 노스텔지어의 정체를 좀 더 명확히 깨달았습니다. 꽤 많은 사람이 이상한 환상에 젖어 산다는 것을 눈치챘습니다. 여기서 간략히 쓸 말은 아니지만 톨킨의 환상과 낭만주의 사조의 환상과 오리엔탈리즘, 나치즘, 한국의 국수주의와 유사역사 추종자들, 오늘날의 MAGA 등등의 왜곡된 환상은 어떤 면에서는 크게 거리가 있지 않다는 것을 깨달았습니다. 현대적 팝 컬처 용어인 판타지는 한자어로 번역될 경우 뉘앙스가 달라지는데, 그 뉘앙스와 본래의 쓰임이 본질적으로 달라지지 않는다는 것이 제 결론입니다. 간단히 생각나는 예시를 보자면 비디오 게임에서는 '고대' '선조' 등의 접두어가 붙으면 좋은 아이템이라는 관습 아닌 관습이 존재합니다. 그것이 『반지의 제왕』에서 고대 누메노르를 노래하는 정서와 크게 다르지 않다는 말이지요. 장르의 시조인 톨킨과 현대의 게이머가 비슷한 감수성을 공유한다고 하니 재미있지 않나요?

팝 컬처, 특히 제가 몸담은 동양권에서의 장르적 변용에 대해서도 좀 길게 이야기해야 하겠지만 여기선 간단히 줄이도록 하겠습니다. 중요한 것은 그래서 그것을 어떻게 저의 작품관으로 받아들이고 표현할 것인가였지요. 제가 이 환상의 해로움을 완전히 배제할 수 있을까요? 장담할 수는 없는 일입니다. 그렇지만 어느 정도는 책임을 다하고 싶다는 생각이 들었고 이 작품은 그 결과물이라는 점을 말씀드리고 싶네요.

이 작품은 스페이스 오페라이기도 합니다. 작중 배경은 더 큰 세계의 일부분이죠. 저는 기획 단계에서 '너무나 이른 퍼스트 콘택트'를 생각해보았습니다. 시대 구분상 아직 고대에 머문 문명이 은하급 규모의 우주전쟁에 휩싸이면 어떻게 될까? 이것이 작품을 구상하게 된 직접적인 의문이었습니다. 그렇기에 이 이면에는 좀 더 많은 이야기가 숨겨져 있습니다. 스페이스 오페라는 보통 우주를 소재로 썼을 뿐인 흥미 위주 SF로 받아들여집니다. 그렇지만 저는 조금 비틀어 이를 정치·사회적 전제가 중요시되는 우주 배경의 SF라고 정의하고 있습니다. 전쟁은 정치의 또 다른 수단이며 여기에는 당연히 무수한 쟁점과 가치관의 대립이 발생합니다. 우주 시대를 열지 않은 문명은 우주의 정치 공간에 포함되지 않습니다. 그렇지만 그것은 외부로부터 강제로 이뤄지기도 합니다. 이미 지구의 역사 속에서도 무수히 벌어진 일이기도 하죠. 제 주된 관심사는 거기에 있었습니다. 그러한 점이 잘 와닿았으면 좋겠네요.

그런데 이렇게 노골적인 해제를 하면 조금 김이 새는 느낌이려나요? 어쩔 수 없죠. 마법의 문장을 덧붙여야겠네요. 작중 등장하는 인물, 사건, 지명은 모두 실제로 존재합니다! 한번 다락에 있는 스피어 엑스 망원경을 꺼내(다들 하나씩 갖고 계시죠?) 우주를 관찰해보세요. 혹시 알아요? 운 좋으면 우리의 주인공들과 그들의 알려지지 않은 모험의 자취를 발견할 수 있을지!

아참, 하나는 빼고요. 이을리 가솜이라는 이름은 비티 작가님이 지어주셨습니다. 사실 어떻게 원형에서부터 이 조어에 다다른 건지 전혀 짐작되지 않지만요. 아마도 우리에게 무언가 마법 같은 일이 일어난 것이 아닐까 생각합니다. 사용을 허락해주셔서 감사합니다!